KB123177

사진아 시가 되라

사진아 시가 되라

닭털주 샘과 아이들이 만들어가는 詩 수업 이야기

주상태 지음

리더스가이드

사진아 시가 되라

초판인쇄 2012년 8월 10일
초판 3쇄 2014년 6월 2일

지은이 주상태
펴낸이 박옥균 | **편집** 강동준 | **마케팅** 김희숙
디자인 이원재
인쇄, 제본 갑우문화사

펴낸곳 리더스가이드
출판등록 2010년 7월 2일 제313-2010-201호
주소 서울시 마포구 서교동 339-4 가나빌딩 4층

전화 02-323-2114 | **팩스** 0505-116-2114
홈페이지 www.readersguide.co.kr
이메일 readersguide@naver.com

ISBN 978-89-96484-028 (43800)

| 머리말 | 006 |

1. 사진으로 연 시 수업 011

2. 풀리고 놓인 감성의 공간, 축제와 행사 029
   _ 행사 사진으로 시 쓰기

3. 풍경을 바라보는 또 다른 시선 067
   _ 풍경 사진으로 시 쓰기

4. 거부할 수 없는 삶의 진실을 향하여 135
   _ 시사 사진으로 시 쓰기

5. 사진 시 수업, 이렇게 이루어졌다 213

시는 나에게 삶이다

나를 매일 한 편의 시로 아침을 시작한다. 시는 나의 모든 시작을 알리는 존재다. 한 편의 시와 그 느낌을 나의 블로그에 올리는 일은 나의 일상이 되어 버렸다. 그런데 어떤 날은 시를 읽지 못하는 날들이 있었다. 그 때가 삶이 제 속도를 찾지 못할 때이다. 플로리안 오피츠의 《슬로우》란 책에 보면, "우리가 묻고자 하는 것은 바람직한 삶에 어울리는 속도, 우리의 삶을 더 낫게 만드는 속도가 얼마인가 하는 것"이라는 말이 나온다. 시를 잃어버린 날의 내 삶의 속도는 너무 빨랐던 것이다. 나는 허둥지둥 삶의 구렁텅이에서 벗어나고자 아우성쳤고 실수는 연발하였다. 역설적으로 그런 삶의 고통 속에서 나를 건져 올린 것이 시였다.

나를 잊은 채 일 속에서 허덕이다가
잠자리로 돌아간 시간에도
나는 숨소리만 낼 뿐
가쁜 숨소리만 날 뿐
아픈 가슴을 위하여 손을 내밀지 못한다.

졸시 〈이제 휴식을 취하려 하네〉 중에서

그리고 나는 다시 일어섰고, 삶의 여유를 누리는 시를 쓰기도
했다.

 막혀있던 혈관이 길을 찾은 것처럼
 속이 시원해진다.
 삶의 잔해들이
 우수수 떨어진다.
 그것이 삶인 것처럼 진지하지도 않고
 그것이 꿈인 것처럼 간절하지도 않지만
 차 한 잔 건네는 시간
 수다는 삶이 된다.

졸시 〈수다를 떨다〉 중에서

시를 쓴다는 것과 가르친다는 것은 어쩌면 나에게는 똑같은 일
이다. 학창시절 국어 수업시간에 시와 함께 보낸 황홀한 추억이
지금의 나를 만든 것이기 때문이다. 자연스럽게 수업시간에 시
는 많은 부분을 차지한다. 5년 전부터 첫 국어 수업시간을 시
한 편을 읽는 것으로 시작한다.

사람이 사람을 만나 서로 좋아하면
두 사람 사이에 물길이 튼다.

한쪽이 슬퍼지면 친구도 가슴이 메이고
기뻐서 출렁거리면 그 물살은 밝게 빛나서
친구의 웃음소리가 강물의 끝에서도 들린다.

〈중략〉

큰 강의 시작과 끝은 어차피 알 수 없는 일이지만
물길을 항상 맑게 고집하는 사람과 친하고 싶다.

내 혼이 잠잘 때 그대가 나를 지켜보아 주고
그대를 생각할 때면 언제나 싱싱한 강물이 보이는
시원하고 고운 사람과 친하고 싶다.

마종기의 〈우화의 강〉 중에서

이 시를 통하여 1년을 잘 생활했으면 좋겠다고 말한다.
나의 수업은 내 삶의 일부다. 특히 시 수업은 그런 삶 속에서
이루어진 것이다. 학생들과 참 오랫동안 시 수업을 열심히 재
미있게 해왔다. 시 읽기에서 시작하여 시 창작으로 내 삶을 이
끌어왔듯이 아이들과의 수업도 20년 전부터 그랬다.

그러던 어느 날 내 삶에서 '힘든 세상을 이겨내는 무기'처럼 여기는 사진과 함께 시 수업을 해보자는 제안이 있었다. 참 우연치고는 딱 들어맞았다. '한 번 해보자!' 그랬다. 이전의 어느 시창작 수업보다 결과가 좋았다. 나를 감동시킨 아이들의 작품을 보고 책으로 출판하자는 제의를 받고 흔쾌히 일을 하게 되었다.

이 책에 수록된 시들은 2011년에 학교 국어 수업시간에 중학교 1, 2학년들이 쓴 시와 독서동아리반 학생들과 학교 밖에서 만난 학생들이 쓴 시이다. 눈에 띄는 오탈자외에는 원문을 그대로 실었다. 시라는 결과물보다 시를 쓰는 과정을 즐기는 아이들의 모습은 가르치는 사람에게도 기쁨이었다. 그래서 책과 관련된 활동을 하면서 나만이라도 허접한 책을 내지 않겠다고 결심하곤 했지만, 이번만큼은 책을 내고 싶다는 욕심이 생겼다.

나의 시 수업에 절대적인 영향을 미친 사람은 백화현 선생이다. 자유로운 시 수업활동에 질서를 부여하신 분이다. 항상 고마운 마음을 가진다. 더불어 이 책이 나올 수 있도록 격려를 아끼지 않으신 '전국학교도서관담당교사모임'의 선생님들께도 진심으로 감사하다. 마지막으로 이 책이 나올 수 있도록 결정적인 계기를 마련해주신 도서출판 '리더스가이드' 대표님께 감사드린다.

2012년 7월 서울 작은 도서관에서
닭털주

1.
사진으로 연시 수업

학기 말 시험이 끝나고 나서 좀 특별한 수업을 해보고 싶었다. 시험을 위한 공부가 아닌 우리글의 맛과 향을 느껴볼 수 있는 '진짜' 국어 수업. 예전에는 학기 초에 한 달내내 시 수업을 했던 때도 있었는데 입시가 강화된 지금은 먼 과거의 일 같다.

시가 교실로 들어간다

문을 열고 교실에 들어서자 아이들의 눈은 여기저기 바쁘게 두리번거린다. 속닥속닥 나누는 이야기로 소란스럽다. 시험도 끝났으니 조금 쉬어보자는 마음들일 게다. 그럼에도 하나라도 더 가르치고 싶은 교사의 마음은 그냥 쉬어갈 수는 없는 일이다. 어쩌면 시험과 무관하게 교육할 수 있는 이때를 위해 한 해를 보냈는지도 모른다. 아이들과 격의 없이 지내면서도 가끔은 아이들과 나를 조금은 구별하는 교탁이 있어 다행이라는 생각도 든다. 주위를 끌기위해 교탁을 여러 번 툭툭 친다. 아이들의 시끄러운 소리에 묻혀버린다.

얘들아, 선생님이 오늘부터 특별한 수업을 할 거야.

한 달 전 시에 관한 특별 수업을 예고했지만 기억하는 아이들은
거의 없다. 몇몇 아이들만 고개를 끄덕이고 바라볼 뿐이다.

지난달에 이야기했지, 특별한 시 수업 하겠다고!

그제야 아이들이 하나둘씩 나를 쳐다본다.

선생님, 뭐요?
어 그러니까…….

아이들은 내 말을 끝까지 들어보지도 않는다.

그냥 놀아요. 네~?
뭐 하고 놀까?

대답이 없다. 아니 있다.

그냥 이대로 놀아요.

아무것도 하고 싶지 않다는 이야기다.
여러 가지를 준비해온 마음을 몰라주는 듯싶어 약간 부아가
일어난다.

그냥 이대로 논다면 학교에 올 필요가 없지?

대답이 없다. 머리들을 숙인다. 마치 내가 쓸데없는 이야기를 한 것처럼. 다급한 마음에 바로 반응을 보인 내 마음을 들킨 것 같아, 실수했다는 생각이 든다. 그렇다고 주워 담을 상황도 아니다. 혹시 아이들의 관심을 끌지 않을까 하는 마음으로 사진을 꺼냈다. 한 장 한 장 보여주니 조금씩 관심을 보인다. 지난번 수련회, 체육대회 때의 모습들이 담겨 있다. 사진을 보면서 아이들은 달아오른다.

얘들아, 이 사진들은 학년 수련회와 5월 학교에서 있었던 체육대회 때 우리 학교 아이들 모습이야. 수련회가 끝나고 사진을 보여주기로 했지?
네, 그래요.

지금부터 사진을 나누어줄게. 가장 마음에 드는 사진 한 장씩 골라봐.
왜요, 선생님?
일단 골라봐.
그런데 두 장 고르면 안 되나요?
음~~ 안 되는 것은 아니지만 사진이 많지 않으니까 일단 한 장만.
선생님, 사진 가지고 뭐 하게요?
시를 지을 거야.
뭐요? 뭐~~요?

시라는 말에 경계심을 가지면서도 여전히 사진을 고르느라 정신이 없다. 제일 앞에 앉은 아이부터 사진을 고른다. 자기 것을 고른 후 넘기는 시간이 꽤 지체된다.

> 야, 빨리 사진 넘겨.
> 왜 그래, 나 이 사진 갖고 싶어.
> 야, 너는 어떤 사진이니?
> 하하하, 야~ 여기 수진이 나왔어. 미친 짓 하는 모습 좀 봐!
> 그때가 언제지? 천안 수련원에서 올 땐가?
> 맞아. 그때 잔디 언덕에서 그랬지.
> 야, 우리 반 아이들이 춤추는 사진도 있어.
> 뭐? 같이 보자.

아이들은 어깨 너머 훔쳐보고 책상을 타고 뛰어다니며 사진을 구경하느라고 난리다.

　얘들아, 한 장씩만 고르고 빨리 뒤로 넘겨야 친구들도 고르지~.

내 말을 들은 척도 안 하고 수선을 떠느라 정신없다.

몸으로 쓰는 시

시간이 5분 정도 지났다.

　모두들 사진 한 장씩 가졌지? 자, 앞을 보고 이제 사진으로 시 쓰
　기를 시작해보자.

여전히 몸을 뒤로 돌리고 친구들과 떠드는 아이들. 앞을 보라고 몇 차례나 더 말을 하고서야 앞을 바라본다. 그러면서도 딴죽을 걸어온다.

　어떻게 시를 지어요?
　사진과 시가 무슨 관계가 있어요?
　선생님, 그냥 놀아요. 네~!

못 들은 척, 시 이야기를 본격적으로 꺼냈다.

지금부터 내 이야기를 잘 듣고 따라하면 시를 지을 수 있어.

선생님, 정말요?

약간의 호응에 자신을 얻어 아이들에게 바람을 넣었다.

오늘부터 하는 수업을 잘 따라하는 학생은 앞으로 국어 공부가
쉬워질 거야.

어째서 그래요?

너희들이 국어 공부에서 제일 어려운 것이 뭐지?

그야, 당연히 시죠.

맞아. 시지. 그 어려운 시를 쉽고 재미있게 접근할 수 있어.

시가 어떻게 재미있을 수 있어요?!

시도 재미있을 수 있어. 알면 알수록 재미있지. 시를 느끼면 우리
가 시가 될 수도 있어. 우리의 마음이 시가 될 수도 있고.

…….

너희들 야구 구경하는 것 재미있어?

아니, 없어요.

여중 1학년생들이라 야구를 별로 좋아하지 않는다.

왜 없을까?

복잡해요.

야구 경기는 축구에 비해서 규칙이 많아 너무 어려워요.

그럼, 축구는?

축구는 규칙이 단순해서 쉬워요.

그러면 직접 해보는 것은 어떨까?

지난번에 발야구를 해보니까, 축구에 비해 다양한 변수가 있어서 재미있어요.

머리 쓰는 것이 어렵긴 해도 그 정도는 감당할 수 있어요. 제가 머리가 좀 있거든요.

하하하.

그 정도 머리가 없는 사람이 있어?

야, 왜 그래?

그래. 조금 복잡한 것들도 직접 경험해보면 재미를 느끼는 경우가 있지. 머리를 써서 아는 것보다 몸으로 먼저 아는 경우도 있거든. 우리가 하려고 하는 수업도 몸으로 느껴보는 수업이야. 먼저 몸으로 느끼고 머리로 생각을 한다는 말이지.

선생님, 이상해요.

뭐가?

몸으로 느끼다니요?

지윤아, 벌써부터 너무 상상하지 마.

쌤, 요새 지윤이 남자 사귀어요.

아니야~!

하하하.

이야기에 시어를 담아

선생님, 그런데 왜 사진을 나누어준 거예요?

그래, 좋은 질문이다. 지금부터 그 이야기를 하려고 해. 너희들이 백일장에서 시를 지으라고 하면 조금 막막하지?

네, 정말 그래요.

그렇지. 느낌이 생겨야 하는데. 매일 보는 낱말들을 시제로 주고 원고지로 1600자를 메우라고 하니…….

네, 그래도 수행평가라고 하니까 열심히 하려고는 했죠.

야, 너는 수행평가 신경 안 쓰잖아.

아냐, 나도 가끔은 신경 써. 우리 어머니가 국어 시험을 잘 보라고 했거든.

얘들아, 잡담은 그만하고. 어떻게 시 쓰기가 쉬워지는지 이야기해 보자. 선생님이 시가 잘 써지지 않을 때, 어떻게 하라고 했지?

네, 시제와 관련된 모든 낱말을 떠올려서 적어보라고 했어요.

그런데 말이야. 무작정 낱말을 떠올릴 것이 아니라, 낱말에 이야기가 있어야 하겠지. 예를 들어, '학교생활'이라고 하면 내가 가장 즐거웠거나, 힘들었거나 등등을 생각하며 그때의 장면이 떠오르지. 그 장면을 잘 구성해서 글을 쓰면 시도 되고, 에세이도 되고, 소설도 될 수 있어. 문제는 장면이 생생하게 떠오르지 않는 거야. 어떤 경우에는 장면 자체도 너무 막막할 수도 있고.

…….

방금 나누어준 사진은 여러분에게 어떤 이야기를 해줄 거야. 사진이 주는 느낌을 통해 사진이 해주는 이야기를 상상해보는 거지. 그 상상을 풀어서 이야기로 하되, 시의 형태로 표현하면 시가 되는 거야.

선생님, 시를 쉽게 이해하게 해주신다면서 글쓰기 하는 것 아니에요? 공부 중에서 글쓰기가 제일 어렵잖아요.

맞아. 말하기, 읽기, 듣기, 쓰기 중 누구나 가장 힘들어하는 게 글쓰기지. 말하기나 읽기도 쉽다는 것은 아니지만, 누구나 어느 정도는 다 할 수 있지. 그런데 글쓰기는 연습을 안 하면 전혀 못 하게 돼. 그렇지만 시 쓰기도 방법을 알면 의외로 쉬워질 수 있어.

어떤 방법 말이에요?

지금부터 설명할게.

선생님, 전 알아요. 우리 학교는, 아니 제가 다닌 초등학교는 매일 일기 검사를 했거든요. 처음에는 어떻게 써야 할지, 어떤 내용을 담아야 할지 어려웠는데, 한 달 지나고 나서는 요령이 생기더라고요.

맞았어. 꾸준히 하다 보면 길이 보이지.

우리 반은 안 했는데…….

지금부터 시작하면 되지. 사실 일기의 경우, 사생활 보호에 위반된다는 등 논란이 있기도 해. 다만 그런 문제가 생기지 않도록 운영을 잘 해야겠지.

선생님, 이제 구체적인 이야기 해주세요.

아, 그래. 이야기가 좀 벗어났지. 이제 사진 수업, 아니 시 수업 해야지. 사진 보면서 친구들끼리 무슨 이야기를 나누었지?

친구가 내 얼굴 나왔다고 놀렸어요.

아닌데. 무대에서 춤추는 모습이 멋있다고 했는데……

난 저 노을 지는 하늘로 가고 싶다는 생각을 했어.

소연이는?

선생님, 저는 혼자 춤추고 있는 저 친구 사진을 보고 고독을 느꼈어요. 저 친구는 얼마나 외로울까 하고요.

바로 그거야. 사진을 보며 사진의 인물, 혹은 사진 자체와 나눈 느낌을 이야기로 만들고, 그 이야기를 시로 표현해 보는 거야. 여러분은 사진을 좋아하잖아. 인터넷에서 사진에 댓글도 많이 달고, 퍼 오기도 하고 선물하기도 하고. 그래서 사진을 통해 시를 공부하면 좋겠다는 생각을 했어. 미니홈피 사진에 노래 가사 붙이고, 맘에 드는 시를 퍼 오듯이 사진에 자신의 시를 넣어보는 거지. 어쩌면 여러분은 사진 속에서 우리가 살아가는 삶을 더 잘 느끼고 있으니까. 어렵다는 시가 사실은 내가 평상시 댓글 달고, 홈피에 글 쓰는 것과 다르지 않다는 거지. 시가 어떤 특별한 것이라는 막연한 어려움을 한 방에 날려 보내는 거야.

내친김에 조금 더 설명을 해주고 싶었다. 아이들에게 사진으로 시 쓰기가 한 번의 행사가 아니라, 시 쓰기에 한 발짝 다가서는 기회가 되었으면 싶었다.

말하자면, 어려운 소설의 경우 '영화'로 보면 쉽게 이해될 때가 있지. 시를 이해하기 어려울 때, 거꾸로 이미지를 통해 시를 짓다 보면 시를 더욱 잘 이해할 수 있다는 거야. 선생님이 항상 하는 방식 있잖아. 거꾸로 하는 방식!!!

조금 지루한 설명이 이어지려 하자, 몇 명 아이들을 제외하곤 여기저기서 엎드리려고 몸을 비튼다. 엎드린 한 아이 앞으로 가서 이야기를 계속한다.

예를 들어, 수필을 공부하기 전에 선생님은 너희들에게 편지를 한 편 쓰도록 했지?

네, 그때 제가 좋아하는 가수에게 편지를 썼어요.

저는 어머니께 드리는 편지를 썼어요.

그래, 편지 쓰기는 어렵지 않지. 그래서 그것을 하도록 했던 거야. 편지도 수필의 일종이거든. 그런데 수필을 좀 더 잘 쓰기 위해서는 무엇을 알아야 한다고 했지?

…….

수필에 대해서 공부해야 하겠지. 수필이 무엇인지 전혀 모르고 글을 쓴다는 것은 나침반 없이 사막을 걷는 것과 같아. 시를 이해하는 방법도 마찬가지야.

그런데, 선생님. 이론은 너무 어려워요.

그런가? 하지만 외워서 푸는 시험문제가 아니니까 부담 갖지 말고 한 번씩 생각해보면 좋을 것 같아.

사진이 시가 되다

선생님이 먼저 시범을 보일까?

네~~.

여기에 사진 석 장이 남았는데, 어느 사진으로 할까?

아이들은 서로 마음에 드는 사진을 가리킨다.

선생님, 저기 철봉하는 사진요.

하늘이 빨간 사진으로 해주세요.

저기 한 명은 달리는데 다른 한 명은 넘어져요. 넘어진 아이는 1

학년 8반인데.

야, 7반 아이들 뒤돌아보는 모습도 특이하지 않니? 자세가.

그래, 오늘은 체육대회 때 1학년 남학생들이 달리는 사진으로 하

자. 이 사진을 보면 어떤 생각이 떠오르니?

장난을 치고 싶은지 엉뚱한 소리를 한다.

선생님 손가락이요.

하하하, 그래. 너는 선생님 손가락 계속 보고 있어~. 어떤 낱말이

든 생각나는 것을 이야기해봐.

아이들이 말하는 낱말들을 칠판에 적는다.

'달린다' '넘어지다' '출발한다' '체육대회' '안타깝다' '운동장' '모

서리' '잔디 구장' 등…….

낱말들을 죽 나열하니 무엇인가 이야기가 될 것 같지 않니? 그런데 주인공이 필요하겠지? 누구를 주인공으로 하는가는 시를 쓰는 사람의 마음이 가장 잘 느껴지는 사람으로 하면 돼. 사진 속에 두 명의 아이가 있지, 앞서 달려가는 아이, 뒤에 달리다가 넘어지는 아이, 또는 이 광경을 목격하는 사람도 주인공이 될 수가 있지. 누구를 주인공으로 하느냐에 따라 이야기가 달라지겠지.

앞서 달리는 아이를 주인공으로 할 경우, 이겨야 한다는 절박한 마음을 풀어갈 수도 있고, 혼자서 뒤도 돌아보지 않고 달리지만 속으로는 넘어진 친구에 대한 미안함으로 풀어갈 수도 있지.
넘어진 아이를 주인공으로 할 경우에는 넘어져서 분한 마음을 담아내거나 포기하고 싶은 마음이 드는 가운데 그래도 달려야 하지 않을까 하는 갈등을 표현할 수도 있을 거야. 선생님은 앞서 달리는 아이를 중심으로 이야기를 만들어볼게.

달리기를 하다가 친구가 넘어졌는데, 나는 뒤도 안 돌아보고 앞만 보고 달린다. 내가 너무 각박한 것은 아닐까? 라는 느낌을 담으면 어떨까? 혹은, 체육대회에서 달리기를 하다가 모서리를 도는 순간 한 아이가 넘어졌다. 그런데 나는 보지 못하고 혼자서 열심히 달렸다. 나중에 그 이야기를 들으며 왠지 미안했다.

그 정도는 모두 할 수 있다는 듯, 눈빛으로 끄덕거린다.

그런데 시를 쓰는 사람이 말하고자 하는 바가 이랬다가 저랬다가 하면 안 되겠지. 예를 들어 넘어진 것을 알고 달리다가 나중에 갑자기 미안했다고 하면 이야기가 뒤죽박죽되는 느낌을 줄 수 있어. 또 하나는 자신의 감정 표현을 솔직하게 하는 거야. 시가 더 생생하게 전달될 수 있거든. 어렵니?"

네…….

말로 시를 쓸 수는 없다. 그렇지만 아이들은 풍부한 감성을 가지고 있어 막상 시작하면 훨씬 더 쉽게 다가옴을 알 수 있을 것이다.

자신을 믿으면 돼. 시는 이론이 아니야. 여러분의 느낌을 전달하는 그릇 같은 것이지. 여러분이 하는 잡담도 하나의 그릇이야. 다만 시는 조금 독특한 그릇이지. 그래서 시에서 감정 표현은 보통

글과는 다르지. 정말 중요한 이야기인데 뭐냐 하면…….

선생님, 좀 쉬었다가 해요. 너무 어려워요.

아냐, 이것까지만 하고 쉬자. 선생님 이야기는 곧 끝날 거야. 시를 쓸 때 가장 많이 잘못하는 것이 있는데…….

그게 뭐예요?

시 속에 글쓴이가 지나치게 노출되는 거야. 읽는 이를 생각하지 않고 자신만의 감정이나 생각을 이야기하거나, 너무 구체적으로 서술하는 경우지. 시를 쓸 때 자신의 감정을 최대한 자제하면서 독자들이 시 속에서 감정을 느낄 수 있도록 해야 해. 자신의 감정을 모두 노출하면 독자들은 그 감정을 강요받는다고 느낄 수도 있어. 독자의 상상력을 제약한다고 할까. 일방적인 이야기는 상대방을 피곤하게 하는 것처럼, 대화하듯이 이야기를 나누어봐. 독백이 아니라, 대화. 상대방에게 묻듯이 나는 이런 느낌인데 '당신은 어때요?'라고.

아이들을 믿는다. 아이들이 만들어내는 상상의 세계를 믿는다. 또 언제나 이야기를 나누고 싶은 아이들의 눈빛을 믿는다.

그럼, 여러분이 가지고 있는 사진을 보고 여러분이 하고 싶은 이야기를 만들어봐. 이야기가 어느 정도 되었다 싶을 때 이야기를 알맞은 시어로 재구성하는 거야. 그러고는 자신이 쓴 시를 몇 번이고 속으로 낭송하면서 느낌이 잘 살아 있나 살펴보고 운율은 적당한가 생각하며 고쳐보는 거야. 자, 자신만의 멋진 시를 써보자.

친구들에게 물어보는 아이, 창밖을 골똘히 쳐다보는 아이, 이
것저것 써보다가 지우는 아이, 모두 소란스럽지만 한 줄 한 줄
써가는 아이들이 보인다. 어떤 아이는 시작과 동시에 다 썼는
지 자랑하고 싶은 눈빛이 가득하다. 그 아이의 시를 보니 아이
의 풍부한 감성이 잘 녹아 있다.

짧은 시간임에도 그렇게 써내는 것을 보니, 역시 아이들의 감
성은 시인의 감성과 다르지 않다는 느낌을 받는다.

2.
풀리고 놓인
감성의 공간,
축제와 행사

_ 행사 사진으로 시 쓰기

쓸 게 없다

김다현 (중1)

쓸 게 없다
아, 정말
친하지도 않은 아이의 사진을 가지고
시를 쓰려니까
정말, 참……
그래도 난 쓴다

쓸 게 없다
아, 정말
이름도 모르는 아이의 사진을 가지고
시를 쓰라니
정말, 참……
그래도 난 쓴다

쓸 게 없다
아, 정말
얼굴도 안 본 아이의 사진을 가지고
시를 쓰라니 정말, 참
그래도 난 썼다
그러면서 난 썼다

선생님, 죄송해요.

왜?

열심히 쓰려고 하는데, 저는 어휘력, 사고력 등이 없나 봐요.

그래? 왜 그렇게 생각하는데?

선생님이 이 사진을 보고 낱말을 떠올려보라고 하셨잖아요?

그런데?

전혀 낱말이 떠오르지도 않고, 고작 떠올려지는 것이 '거울' '여자' 합치면 '거울 보는 여자' 정도예요. 그런데 더 문제는 뭔지 아세요? 갑자기 태진아 노래 '거울도 안 보는 여자'가 생각나는 거예요. 우리 아빠가 좋아하는 노래인데…….

그래서?

시와 노래가 관련 있지만, 유행가와 연결하는 것은 좀 그렇죠. 예전에 선생님이 대학교에서 시 창작을 평가할 때, '유행가 가사 같다'는 말 때문에 상처를 받은 친구가 있다고 했잖아요.

아, 내가 그런 말을 한 적이 있구나.

그래서 유행가와 연결되다 보니 시가 유치해지는 거예요.

그 가수가 들으면 기분 나빠 하겠다. 아닌가?

그래서 대충 그 심정을 시로 썼는데, 이것도 시가 되는지 모르겠어요. 정말 죄송해요.

아냐, 그 상황도 하나의 시가 된다는 것을 보여주었잖아. 어쩌면 너의 시가 시 쓰기를 힘들어하는 아이들에게 공감을 줄지도 몰라. 다른 아이들은 시 쓰기의 괴로움 때문에 한 줄도 못 쓰잖아. 너는 시가 될지 안 될지 모르지만 어쨌든 시도했고. 선생님은 이 시 속에서 너의 마음을 알게 되었어.

감사해요.

나도 시를 공부했기 때문에 시 쓰기의 어려움은 알지만 막상 가르치는 입장에서 너희들의 고충을 모를 수도 있거든.

선생님께서 그렇게 말씀해주시니까 황송한데요.

황송? 하하. 선생님은 이런 순간을 놓치지 않으려고 해. 사실 사람이 살아가면서 사소한 것처럼 보이는 것이 삶을 움직이는 힘이 되는 경우가 많아. 이 순간이 너희들을 알 수 있는 정말 소중한 기회인지도 몰라.

선생님, 제가 대단한 거네요.

아니, 선생님이 대단한 거지.

하하하~.

거울

이진주 (중1)

내가 생각했을 땐
거울밖에 안 보여
내가 생각했을 땐
거울은 내 생명이야
내가 생각했을 땐
뭘 쓸지 모르겠어
내가 생각했을 땐
거울을 봐도 답이 안 나와.

시 그리고 거울
본다는 것

거울을
보고 있는데

나를 보란 말이야

손서정 (중1)

아이고!
틀려버렸다
손이 부르르 떨리고
입에선 무슨 말이 나오는 건지
이미 난 창피해
너를 보고 있지 못하네

어이쿠!
모두 긴장했나 봐
나는 땅바닥만 쳐다보고
쟤는 앞사람 머리통만 쳐다보네
너랑 나랑 도대체
어딜 보는 거야?

나를 보란 말이야
날 보라구!
내 눈을 바라봐
왜 안 보는 거야
날 좀 봐줘!
날 좀 바라봐

소리치고 싶지만

지금은 생방송 중

하는 수 없지 뭐

그저 열심히 빌기만 할 뿐

밟힘

윤지혜 (중1)

이기기 위해서
그녀들은 밟혔네
우승을 위해서

또 밟히기 위해 달렸네
반과 옷은 다르지만 이기기 위한
마음은 하나

이기기 위해서 속력을 내 달려
다리를 만들고
이기기 위해 자기의 등을 내주고
밟힌다
그렇다고 욕을 하지도, 화를 내지도 않고
우승을 위해 묵묵히 밟히고 있다

혼자

권수아 (중1)

넓은 무대 위
사막 같은 무대
한 명으로는 턱없이 부족한 무대 위

그녀는 혼자다
주위에 다른 사람은 없다

눈을 감았다가 떠도
그녀는 혼자다

결심을 한 그녀는
뒤를 돌아본다

화려한 조명과
수많은 사람들
무대는 넓었지만
그녀는 이제 혼자가 아니었다

선생님, 제목부터 정해야 돼요?

아니면 글 쓰고 제목 정해야 해요?

수아야, 제목을 정했니?

아뇨.

그러면 네 마음대로 해도 돼. 말하자면, 시는 제목의 중요성이 매우 크기 때문에 제목이 정해지면 시를 쓰기가 좋지. 제목은 주제를 암시할 때도 있거든.

선생님, 전 제목부터 정하고 할래요.

뭔데?

일단 이 시는 그냥 혼자 벽을 보고 있으니까, '혼자'라고 하고 그 속에서의 모습을 말할래요. 다행스럽게도 여학생이지만 어깨가 저처럼 튼실해 보이고 당당히 서 있잖아요.

수아는 벌써 시가 완성되었나 보네!

네, 제가 좀 천재적인 기질이 있잖아요.

"

나는 지금 무대 위에 있다

주리아 (중1)

나는 지금 무대 위에 있다
온몸에 흐르는
긴장감을
떨쳐내고

나는 지금 무대 위에 있다
그동안의 시련을
안고

나는 지금 무대 위에 있다
지금 이 순간을
각자의 방법으로 즐기면서

피곤하게 춤추고
귀찮게 춤추고
신 나게 춤추고
진지하게 춤추고
긴장하며 춤추고

모두 즐기는 방법은
서로 다르지만
그들이 모여
무대 위의 빛이 되었다

한 걸음 한 걸음

이종은 (중1)

연한 파스텔톤 하늘
하늘에 녹아드는 푸르디푸른 숲과
흐릿하게나마 펼쳐지는 산
그곳에 있는 한 계단에서
두 명의 아이가 올라간다

한 걸음 한 걸음 조심스럽게 올라가는 둘
환한 하늘 아래에 잠깐 뒤돌아선 둘
친구로 보이는 그들이 손을 놓지 않을까
혹시 넘어지지 않을까
결국 걱정하는 것은
그 둘이 아닌
다른 사람

종은아, 선생님은 이 시를 보면 조금 특별한 느낌을 받아.

선생님, 무슨 특별한 느낌요?

아, 글씨는 조금 서툴러 초등학생 것처럼 보이는데, 매우 진지한 것 같아.

시가 진지하다는 게 뭐예요?

응, 진지하다는 말은 이야기가 진실하다는 뜻이야.

선생님, 어려워지는데요?

아, 미안. 말하자면 너의 마음 깊숙이 숨겨진 말이 나온다는 뜻이야. 좀 더 어렵게 말하면, 삶의 근본을 생각한다는 말이지.

점점 어려워져요.

시를 쓸 때, 제일 경계해야 하는 점은 거들먹거리지 않아야 한다는 거야. 겉멋으로 쓰다 보면 알맹이가 빠지게 되지. 물론 멋진 시어 몇 개가 독자를 감동시키는 시가 되기도 해. 하지만 처음부터 멋만 찾는다면 좋은 시와는 멀어질 수 있어.

조금만 생각하면 자신의 마음이 전하는 이야기를 표현할 수 있는데, 잘 그러려고 하지 않아.

선생님, 왜 그런데요?

아마도 그것은 생각하는 것이 귀찮기 때문일 거야. 자신과 대화를 나누는 데 익숙하지 않거나 속 이야기를 하는 것이 부끄럽기 때문이기도 하지.

아, 알겠어요. 제 시가 선생님의 마음을 움직인 것은 저의 솔직한 마음이 드러났기 때문이네요?

그래, 맞아.

그런데 저는 시를 쓰고도 잘 썼는지 모르겠고, 친구들도 별로라고 했는데요.

그럴 수도 있지. 하지만 좋은 시는 뻔한 이야기를 하는데도 다시 읽어보면 뻔하지 않은 것이거든. 너의 시는 특별한 수사가 없어. 시를 꾸미려고 하지 않았다는 이야기지.

그냥 두 명의 아이가 손을 잡고 올라가는 모습을 보고, 걱정하는 마음을 느낀다는 거지. 친한 두 친구가 손을 잡고 걸어가는데, 누군가 그들을 방해하여 두 친구의 감성을 흩트려놓지 않을까 우려하는 거지.

아, 알겠어요. 전 이 사진을 보고 저 친구들이 잘되었으면 좋겠다는 생각이 들었어요. 그런데 그냥 친구끼리 잘 지냈으면 좋겠다는 말을 하면 시가 되지 않잖아요. 선생님이 말씀하신 대로 배경과 인물을 생각하면서 하나씩 하나씩 묘사해나갔죠. 아마도 '한 걸음 한 걸음'이란 제목도 그렇게 나온 것인지도 몰라요. 처음부터 의식하진 않았어요. 마지막에 이 제목이 떠올랐거든요.

나를 따라라

이기현 (중1)

분홍색 아이유 티셔츠에
파랑 반바지에 빨강 줄이 있는
촌스러운 체육복 바지에
하얀색 바통을 움켜쥐고
머리카락과 눈썹을 휘날리며
선두를 달리고 있는 1등과

이마에 주름이 지고
불안해 보이는 얼굴
긴장해 온몸이 굳은 채 뛰고 있는 2등과

꼴등이라 쪽팔리는지
얼굴도 못 들고
5대 5 가르마가 만들어져도
죽을힘을 다해 질주하는
표정이 압권인 꼴찌

1등·2등·3등

누구라 할 것 없이

전쟁터에 뛰어가는 장군이 아닌

말들처럼 보이는 그들

이런 날에는

김선우 (중1)

추적추적 비 내리는
이런 날에는

햇살마저 숨어버린
이런 날에는

비에 젖은 내 마음이
무거워진다

마음속 구름뿐인
그런 날에도

의지할 곳 하나 없는
그런 날에도

누군가의 미소들이
날 일으킨다

돈다

박하은 (중1)

돈다 돈다 돈다 돈다
살아가다 보면 돈다
중앙의 사람이 빠르게 가면
바깥의 사람이 힘들어하고
바깥의 사람이 느리게 가면
중앙의 사람이 힘들어진다

돈다 돈다 돈다 돈다
돈다는 것은 함께하는 것
함께하는 것은 서로 돕는 것

실내화 이야기

이정인 (중1)

실내화로
학교를 걸어 다닐 수도
실내화로
친구와 던지며 놀 수도 있지만
나는 친구와 화해를 한다

못 이기는 척
친구가 내민 실내화 한 짝에
내 실내화를 갖다 대면
친구도 좋았나 봐

마이크를 대고 우리 화해했다는 걸
외치고 싶을 만큼
배꼽이 우리를 바라보는 것도
모를 만큼

사진

홍세은 (중3)

사진 속
낡은 철봉에 매달린
여섯 명의 중학생 소녀들

뭐가 그리 즐거운지
얼굴이 일그러질 정도로
웃어댄다

시를 쓰기 위해 본
이 사진이 주는 느낌과 생각이란

불편한 교복을
사복으로 갈아입고
뚫린 공간으로 가고 싶단 것뿐

혼자가 아닌 여럿이
밖으로 나가
나도 저렇게 웃으며
저런 사진을 찍고 싶단 것뿐

하하하

허은정 (중3)

나는 좋아
이러고 논다고 그 누가 욕해도
나는 좋아
이러고 찍혔다고 그 누가 웃으면
나는 더 좋아

이런 젠장,
그래도 이건 너무 심하잖아

닭털주 노트

행사는 학교생활에 지친 아이들을 해방시켜주는 탈출구다. 어떤 아이들은 그 시간을 위하여 모든 것을 바친다. 어쩌면 그때가 가장 아이다운 모습을 보이는 때인지도 모른다. 그러나 아이들은 짧은 축제가 끝나기 무섭게 '공부'라는 울타리 속으로 들어가야 한다. 그 추억을 연장시켰으면 하는 마음으로 20여 년 동안 아이들의 행복한 모습을 작은 사각 틀 속에 담았다. 자신의 모습을 타인에게 잘 보이고 싶어하지 않는 아이들이 열어준 조그마한 틈을 통해 다가간다. 열린 틈이 고마워 사진을 바로 보여주거나, 카메라를 빌려주어 자유롭게 놀게 한다. 수업이라는 틀을 벗어나 사진기를 통해 만나면 나와 아이들의 간격은 얇아지고 느슨해진다. 가끔 사진 찍히는 것을 굉장히 싫어하는 경우도 있다. 그럴 경우에는 열린 마음으로 기다린다. 아이 마음의 문이 열릴 때까지.

평소에는 준비물을 잘 챙겨 오지 않던 아이들도 체육대회, 수련회, 체험학습 준비물은 대체로 잘 가져온다. 공부할 때와는 달리 눈빛을 반짝거리기도 한다. 체험학습 추진위원회를 만들어 준비하는 모습을 볼 때마다 살아 있는 아이들을 보게 된다.

행사 때 활기찬 모습들이 너무 예뻐 카메라 셔터를 누르는 손이 분주해진다. 체육대회, 학년 수련회, 백일장, 사생대회 등 학교 행사는 좋은 글감이 넘치는 때이다. 그 글감들을 사진으로 잘 모아서 수업 시간에 활용한다. 수업 시간에 사진을 보여준다고 하면 아이들의 반응은 폭발적이다.

> 얘들아, 내일 수련회 사진 볼 거야. 빔 준비하렴.
> 네~~~~~~~~~~~~~~.

다음 날 교실은 이미 불이 꺼져 있고 조용하다.

> 선생님, 오늘 사진만 볼 거죠?
> 아니.
> 또 글 쓸 거예요?
> 생각해보고.
> 오늘은 지난번 천안 수련회 때 사진이야.

칠판 대신에 자리 잡은 스크린에 사진이 내비치자 아이들은 소리를 지르고 난리다.

> 수련회 떠나는 날, 비가 내렸지.

기억나?

그럼요. 그런데 언제 찍으셨어요?

와, 대단하다. 몰카의 천재!

뭐?

아니……. 선생님, 그때 정말 좋았죠?

사진은 아이들이 활발하게 수련 활동 하는 모습으로 넘어간다. 그런데 갑자기 한 아이가 소리친다.

선생님, 저 사진 빨리 넘겨요.

선생님, 그 사진 지워줘요. 살려주세요.

그래, 저기 반바지 입고 달려오는 아이가 너니? 선생님은 잘 안 보이는데.

선생님, 부탁해요.

이쁜데. 왜?

선생님, 아니에요. 사랑해요. 부탁해요……!

그 사진, 선생님 블로그에는 안 올릴 거죠?

그 아이는 입속에서 할 수 있는 말은 다 한다.

제발, please! …….

그래, 알았어.

대체로 친구들의 망가진 모습을 보고 즐거워하지만 외모에 민

감한 사춘기라 자신의 사진에는 기겁을 한다. 그럴 때는 최대한 들어준다. 감수성 풍부한 영혼들이니까. 크게 문제가 되지 않는 사진에도 경악스럽다는 '오버'를 하는 경우가 있다. 사진을 찍다 보면 억지로 망가진 모습을 찍으려 하지 않아도 절정의 순간에는 평소에 보이지 않는 모습이 나오기 마련이기 때문이다. 그런 사진이 오히려 다른 이들에게는 많은 이야기를 전달한다. 잠깐 가면을 벗고 또 다른 실체를 보여주는 순간, 사진을 찍은 나나 아이들 모두에게 사진 속 인물에 특별한 감흥을 느낀다. 의외이고 재미있는 사진에 아이들의 반응은 즉각적이다.

　선생님~~~~~~~~~~~~~~~~.
　왜? 사진 멋있지?
　예쁜 다빈이가 저럴 때가 있네요.

순진한 다빈이는 아무 말도 하지 않고 머리를 푹 숙인다. 눈을 반쯤 감은 다빈이의 모습에 단짝 친구인 누리는 박수를 친다.

　선생님, 최고예요.

그날 이후 누리 어머니는 누리가 다빈이를 놀리는 재미로 살았다고 말한다. 물론 착한 다빈이는 이해한다.

수련회에서 계단을 올라가다가 뒤를 돌아보는 모습이라든지,

산행을 다녀와서 조금 초췌한 모습으로 걸어가다가 뒤를 돌아보는 사진을 재미있어한다. 아이들은 그럴 때면 '표정이 예술'이라는 등, 자기만의 비평을 하곤 한다. 개인을 담은 사진보다 더 큰 반응을 보이는 것은 아이들이 함께 만들어낸 사진이다. 사생대회가 끝나고 집으로 돌아오는 길, 서울대공원 산책로를 걷다가 철봉에 매달리거나 조각상에서 포즈를 취하거나 분수대 앞에서 하늘로 뛰어오르는 등 함께 사진을 찍으며 놀았던 모습을 보고 그날의 추억을 떠올린다. 함께했던 아이들은 모두 그런 시간이 다시 오지 않을 것 마냥 아쉬워한다.

행사 사진은 아이들의 삶을 아름답게 한다. 풍경이나 시사 사진보다 관심이 높다. 그런데 막상 시로 표현하기가 쉽지는 않다. 자신들이 직접 체험한 것이기에 쉽게 다가갈 수 있을 것 같지만 주어진 경험 자체가 너무 명확해서 오히려 방해가 된다. 그래도 맘껏 숨통을 연 때를 추억하는 한 편의 시는 지루한 학업 스트레스를 덜어줄 청량제 역할을 해주기에 충분하다.

3.
풍경을
바라보는
또 다른
시선

_풍경 사진으로 시 쓰기

구름 사이

정현정 (중1)

구름 사이로 한 줄기 빛이 들어온다
폭우가 쏟아지고
운동화는 흠뻑 젖고
나의 하얀 종아리도
흙탕물에 거뭇거뭇해진다

마을 위 하늘
비 갠 후 한 줄기의 빛이 내려온다
조그마한 빛줄기가 나의 눈을 찡그리게 한다
저 하늘 따사로운 빛 줄기

내 귀의 노래

박지윤 (중1)

노을빛 아래
커다란 오선지에
색색의 음표를 그린 듯

고요한 하늘 아래
크디큰 악보에
음악을 연주하듯

악보 위에서
잠들고 싶을 만큼
감미로운 노래가

내 귀에 들리고
심장을 울린다

선생님, 제 시 멋지지 않아요? 저처럼요.

지윤아, 선생님이 듣기에 좀 그렇다.

뭐가요.

지윤이가 화내면 무서운데…….

멋지지는 않거든. 하하. 농담이고.

이 시를 보면 발랄한 지윤이 모습이 상상이 되어 기분이 좋아. 너는 어떤 마음으로 이 시를 썼니?

특별한 마음이랄 것은 없어요. 그냥 사진을 보니까 시가 나와요.

이런 내가 질문을 잘못 했구나. 좀 더 구체적으로 물어볼게. 이 시를 보면 '잠들고 싶은 만큼 감미로운 노래가 내 귀에 들리고 심장을 울린다'라고 했는데, 어떻게 이런 생각이 들었지?

…….

너무 어려운 질문이니?

아니에요.

그럼, 말해줄래?

평소에 문학적인 글쓰기에서 중요한 것은 사물을 자세히 관찰하고 구체적으로 묘사하는 것이라고 하셨잖아요.

그래, 그렇게 이야기했지.

그래서 앞부분은 사진 보이는 그대로 '노을에 보이는 불빛'이 음표처럼 보여서 그렇게 했고요.

다음은?

해가 지고 나면 사람이 잘 보이지 않을 테니까 도시는 고요할 것이라는 생각이 들어서 그랬어요.

오~, 이제 중요한 이야기가 나올 것 같은데.

그 속에서 제가 잠들고 싶을 정도로 아름다운 음악이 떠올랐어요.

대단하구나. 평소 장난만 치는 줄 알았는데.

헤헤헤, 제가 '한 감성' 하거든요.

벽화

채지은 (중1)

허전한 벽을
보고 있으면
뭔가 쓰고 싶어

가만히 서서
고민하고 있으면
주인아저씨가 나와

두근두근
그때 보게 된
그림

와, 멋지다!
이거라면
혼나지 않을 거야

갈매기

권수아 (중1)

긴 날개, 짧은 부리를 가진
갈매기가 바다 위를 난다

저 바다가 잡아먹을 듯이 시커먼 입을 벌려도
저 구름이 노한 듯 어둑어둑해져도
저 해가 간사하게 뒤로 숨어도

언제나 큰 날개를 퍼덕이며
자신만의 꿈을 가지며

갈매기는 저 하늘과 바다 위 수평선으로
힘차게 날아오른다

달밤

김주리 (중1)

달이 비치는 곳에
풀이 흔들흔들

달이 고개를 돌려도
풀은 흔들흔들

풀은 혼자 쓸쓸히
흔들흔들

달이 풀을 보네
풀들이 *끄덕끄덕*

달이 다른 풀을 보아도
풀은 *끄덕끄덕*

풀 혼자 쓸쓸히
끄덕끄덕

주리야. 축하해.

왜요?

주리가 지은 시를 뽑았어.

왜요? 제가 지은 것도 시가 돼요? 아이들이 제가 지은 시를 막 놀렸거든요.

응, 그것은 아마도 평소 너의 행동 때문이지, 시 때문은 아닌 것 같아.

조금은… 알아요.

주리는 내 책상 위 책들 이것저것 많이 빌려갔지? 그 책들을 읽고 어땠어?

저하고 책에 대하여 이야기를 나누고 싶다는 말씀이죠? 그런데 전 아직은 이야기하지 않을래요. 간단하게만 말씀드리면 살아남기 위해 책을 읽거든요.

조금 어렵구나.

선생님, 전 책이 어려워요. 그런데도 책 읽는 시간이 제일 행복해요. 더 이상 묻지 마세요. 그냥 이렇게 시를 지으면서 이야기를 나눠요.

하하, 그러면 우리는 시로 이야기를 나누는 것이네. 세상 사람들이 우리들의 대화를 보면 신기해하겠는걸.

선생님, 이 사진 어디에서 찍으셨어요? 당연히 계절은 가을이죠?

그 사진은 한강 고수부지에서 찍었지. 재작년 가을에. 왜?

이 사진 너무 마음에 들어요. 아 참, 제가 지은 이 시 괜찮아요?

그래, 왜 다시 묻는 거니?

혹시라도 저에게 관심을 보이려고 그러신 것 아니죠?! 제가 평소 말이 없어서 걱정을 많이 하시고 이것저것 배려해주시는 것 알거 든요.

하하, 그런 것은 절대 아니지. 선생님은 이 시가 마음에 들어. 무엇 때문이냐고 하면 정확하게는 모르겠어. 다른 사람들은 마음에 안 들 수도 있겠지. 그런데 선생님은 너무 마음에 들어.

…….

선생님이 대학교 때 시 공부를 하다가 김수영 시인을 알게 되었거 든. 그런데 깜짝 놀랐지.

왜요?

어떻게 이런 시를 지을 수 있느냐는 거였어.

어떤 시를요?

그 당시 김수영 시인의 작품을 읽고 느낀 것은 참 운율도 없어 보이고 별 내용도 없어 보이는데 읽으면 읽을수록 운율이 느껴지고, 내 마음 깊숙한 곳에 자리 잡고 있는 내 마음이 떨리기 시작하는 거야.

그래서요?

그날 잠을 자지 못했지.

날밤을요.

하하. 그런 셈이지. 너의 시를 보면 너의 마음을 알 수 있어. '아, 그랬구나.' 하면서도 궁금하지. 시를 쓰면서 어떤 생각을 했을까?

그냥 이 시를 보면서 내가 풀이라는 생각이 들었어요. 선생님이 말씀하셨잖아요. 문학 작품을 이해하는 기초는 정서와 분위기를 아는 것이라고요. 그러기 위해서는 작품 속 주인공을 찾고, 그 속에 자신이 들어가라고요. 전 눈도 감지 않고 그냥 들어갔어요.

내가 언제 눈을 감고 들어가라고 했니?

그때 그러셨잖아요. 모두들 눈을 감고 상상하라고요.

아, 그때는 첫 시간이고. 감정 이입을 하라는 뜻에서 한 말인데. 그런데 한편으로 이 시를 보고 눈물이 났어.

왜요?

왜 풀은 달이 비치는 곳을 찾아가고 달을 바라보고만 있는지. 그리고 항상 흔들흔들거리거나 끄덕끄덕거리는지. 내 마음을 풀에게 빼앗겨버렸어.

선생님도 시인이네요.

아, 한때 시인을 꿈꾸기도 했지.

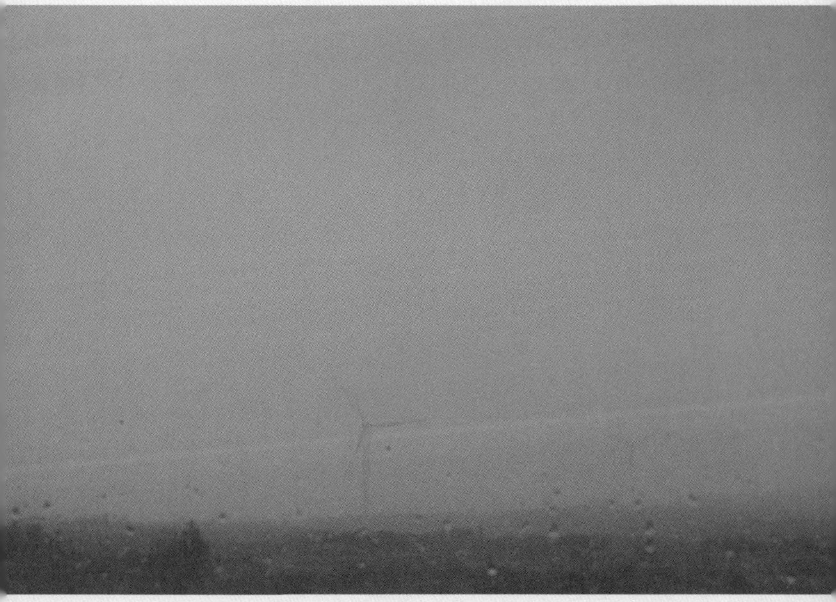

색 바랜 과거

이종은 (중1)

색 바랜 마음속
풍경은 지나간다

안개 낀 마음속
과거는 지나간다

추적추적 비를 내리는 하늘같이
울고 있는 내 마음
몸은 울지 않아도
마음으로
머리로 미친 듯이 오열하는 나
아득히 보이는 풍차와 지평선
끝이 보이지 않는 안개 속 풍경
결국 기억에서 벗어나지 못하면
계속되는 것은 무기력한 지옥뿐

몇 겹으로 보이는 흐릿한 지평선
잡초가 솟아난 듯이 보이는 소나무들
침묵을 지키며 서 있는 풍차와 안개로 덮인 하늘
과거는 하늘처럼 묻혀간다

비와 생각에 조금씩 조금씩
흘러내리는 과거
추억 그리고 기억들
마음속으로 울어도
마냥 웃으며 지우는 나날들

과거로 인해
남는 것은 추억 그리고 경험
과거로 인해 사라지는 것은 집착 그리고 경솔함
이 모든 것을 웃어서 넘겨버릴 때
풍차는 돌아갈 것이다

쉬어 가

이수진 (중1)

마음이 답답해. 너무 바빠 너무 힘들어!!
이리로 와!
이리로 와서 쉬어 가
걱정 스트레스 다 잊어버리고
그냥 마음 놓고 쉬어 가

오늘, 아니
잠깐은 너의 안식처가 되어줄게
어서 들어와

선생님, 이 작품을 왜 뽑았어요?

왜, 이 작품이 어때서?

시도 짧고 그냥 감정을 표출한 것 외에는 없잖아요.

원래 시라는 것은 감정의 자연스러운 표출이라고 영국의 한 시인이 그랬어.

그런데 제가 지난번 백일장 때 썼던 시는 너무 감정 소비가 심하다고 낮은 점수 주셨잖아요.

그래, 그때와 지금을 비교해달란 말이지? 알았어.

그때 너의 글은 일방적으로 봄이 되니까 꽃이 피어서 나는 너무 좋다고 말한 것이지만, 이 시는 그것을 넘어서는 것이지. 별다른 것이 없을수도 있지. 감정을 표출한 것만으로는. 그런데 이 시는

이전 것과는 다른 중요한 것이 있지. 일단 이야기가 있어. 마음이
답답한 사람, 너무 바쁘게 살아가는 사람은 모든 것을 잊고 잠시
라도 좋으니까 이곳에 와서 쉬었다가 가라는 이야기가 있지.

또, 적절한 반복과 배치로 운율이 살아나고 바쁜 현대인들의 휴식
공간이 필요하다는 간절함이 묻어난다는 거야.
그런 것이 느껴지지 않니?
모르겠네요. 그런 것 같기도 하고 아닌 것 같기도 하고.
시간이 필요할 거야.
…….

"

돌다

김소희 (중1)

울퉁불퉁한 거리에
둘이 서서
바람이 치고 갈 때마다
돌고 돈다
혹시 그 모습이
우리네 모습을 담고 있는 것일까?

울퉁불퉁한 세상 속에
소중한 사람과 서서
좋지 않은 일들이 일어나고
좋지 않은 이야기를 들을 때마다
우왕좌왕
무엇을 해야 할지 몰라
돌고 돈다

그렇게 돌다 보면
언제쯤 편히 멈춰 있을 수 있을까
언제쯤 평화롭게 서서
방해받지 않고 조용히 멈출 수 있을까

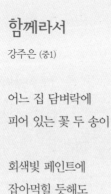

함께라서

강주은 (중1)

어느 집 담벼락에
피어 있는 꽃 두 송이

회색빛 페인트에
잡아먹힐 듯해도

울퉁불퉁 돌멩이에
찢어질 것 같아도

지나가는 사람들에게
종이꽃이라고 비난받아도

함께라서
세상에서는 가장
가장 아름다운 꽃

모이고 모여서

이기현 (중1)

맑고 깨끗한 물에
푸르고 밝은 파랑색 물감을 한 방울
똑!
그 순간 곱게 퍼져나가는 파랑색 물감
이 물감이 어두운 밤하늘을 칠해놓고

붉은색의 햇빛이 어두운 밤하늘과 뒤엉켜
빨갛고 파랗고 보랏빛이 나는
하늘을 그려놓는다

깜깜한 우리 마을에서는
밝고 조그마한 가로등이
하나 둘
켜지고

밝고 푸른 어두운 밤하늘과
빨갛고 파랗고 보랏빛 나는 하늘과
우리 동네 밝고 조그마한 가로등이
어느새 어우러져
노을을 그려놓는다

저녁 하늘의 노래

손서정 (중1)

짙은 회색빛 하늘 위에
다홍색 해의 끝자락
그 위에서 색색의 불꽃들이 춤춘다

짙은 회색빛 악보 위에
다홍색 오선보
그 위에서 색색의 음표들이 노래한다

이 세상
모든 이야기를
바다처럼 깊고 넓게

온 세상
모든 이야기를
하늘처럼 밝고 푸르게

음표들은 노래한다
깊고 넓게
밝고 푸르게

동화 이야기

황세희 (중1)

바다
높아질수록 더욱 짙어지는

구름이 물거품 되어
위로
또 아래로
떠나간다

진줏빛 눈물 떨구며
배웅 나온 언니들
하얀 물거품 뒤쫓는다

무지개 아름다운 일곱 빛깔
뽐내던 산호마저
이제는 쓸쓸한 고목일 뿐

검은 그림자 드리운
바다보다 더 푸르던 바다 위로
새들마저 밝음 찾아 떠나간다

사라지는 추억들

유문임 (중1)

새하얀 길

우리는 발자국을 남긴다

행복했던 발자국

슬펐던 발자국

우울했던 발자국

한 발자국 한 발자국씩

발자국을 남긴다

좀 더 오래 간직하고픈

행복했던 발자국

빨리 잊고 싶은

슬펐던 발자국

더 늦게도

더 빠르게도

사라지지 않는 발자국들

시간은 모든 것을

서서히

서서히

덮어만 간다

노을

박민선 (중1)

마치 불이라도 지른 듯
붉게 타오르는
초저녁 하늘의 방화범
마치 등불이나 된 듯
어둠 속을 붉게 물들인
하늘이란 바다에 등대

내 어두운 마음을 밝힌
작은 불씨
얼어 있던 내 마음을
따뜻하게 녹일
내 마음을 활활
타오르게 한 노을

이 불씨가 꺼지지
않기를
어둠이란 소화기가
찾아오지 않기를
내 마음이
다시 또 얼지 않기를

민선아, 안녕?

그래, 친구야 반갑다.

아~~~~ 그래. 너와 나는 친구지.

(언제부터인가 민선이는 나와 친구가 되었다.)

여기가 어딘 줄 아니?

아이 참, 저도 가끔 친구와 함께 운동하러 가는 곳이거든요.

선생님, 그런데 언제 찍으셨어요?

친구들이랑 외국에 나갈 계획이었는데 몸이 아파서 보고 싶은 것을 못 볼 수도 있다는 생각에 달리기를 하다가 찍은 거야.

그렇구나. 그런데 배가 쑥 들어간 것은 아닌데요.

지금은 몇 년 지났으니까……. 비가 갠 다음의 풍경은 정말 아름답지?!

맞아요. 샘 정말 잘 찍으셨어요.

너의 시가 참 좋아. 노을을 보고 하늘에 떠 있는 '등대'라고 하고, '얼어 있던 내 마음을/ 따뜻하게 녹일/ 내 마음을 활활/ 타오르게' 하는 노을이라는 표현이 참 좋아. 어떻게 그런 느낌이 들었어?

그냥 막 갑자기 팍 떠오르는 것 있죠.

진짜?

사실은 노을이 빨간 것이 너무 좋아서 달려가고 싶었어요. 날개가 달려 있다면 지금이라도 달려가고 싶다는 생각을 했어요. 힘들 때 한강을 달리곤 하거든요.

흠……

제가 힘들 때는 어디로 갈지 모르기 때문이라고 여겨졌어요. 아무리 힘들어도 가야 할 곳이 있으면 견디어낼 수 있을 것 같아서, 내 마음의 이정표라고 여겼거든요.

그래서 바닷가에서 배들이 등대를 보고 방향을 잡듯이 민선이의 마음을 잡아주는 것이 노을이라고 여겼구나.

맞아요. 아시네요.

그러니까 '얼어 있던 내 마음'은 살면서 '힘들어하는 마음'이고, 그 마음을 다독거려 다시 일어서게 하는 것이 노을이란 말이지. 그런데 너무 거창하다. 중학교 1학년 학생에게는.

선생님, 소설을 읽어보면 그런 아이가 가끔 나와요. 성숙하고 가끔은 깊은 생각을 하는 아이 말이에요.

놀랍다.

뭐, 그럴 것까지는. 항상 그렇지는 않아요. 정말 드물게 그래요.

힘들 때 한강을 달리다 보면 생각이 정리되고 집에 오는 길에는 내 마음이 커져 있다는 것을 알 때가 있어요.

그래, 나도 그런 적이 있어.

마음을 비우고 나면서 편안해지는…….

작은 배려

박희재 (중1)

어둡다
어두워서 넘어질 때도 있고
보이지 않아서 다칠 때도 있다

궁금하다
도대체 왜 불빛이 없는 걸까

알았다
그건 배려가 없기 때문이다

밝다
어두운 마을 사이사이에
작은 불빛들이 보인다

궁금하다
이 작은 불빛들이
왜 생겨났는지

알았다
이건 배려가 있기 때문이다

폼 잡기는

손지연 (중1)

이 사진은 선생님이 흔들어서 찍었나 보다
친구들에게 물어봤다
"어떻게 이렇게 찍혀? 그리고 이 불빛은 머야?"

대답은 생뚱맞았다
"그건 차의 헤드라이트 불빛이야. 선생님이 흔들어서 찍으
신 거야"
참, 선생님도 힘들겠다

근데 생각하니 웃겼다
흔들어서 멋진 풍경을 찍으시려는 선생님을 생각하니
"폼 잡기는……"

지연이는 국어 공부하는 것이 재미없지?

네. 어떻게 아셨어요?

선생님은 진작부터 알고 있었지. 특히 논설문 공부할 때는 몸을 비틀더라.

정말 무슨 말인지도 모르겠어요. 사실 관심도 없어요.

그런데, 대견하게도 이번에는 시를 썼네.

아, 그건…….

그래 알아. 억지로 쓴 것이라고?

선생님, 그건 아니고요. 사진이 마음에 들어서 무슨 말인가 하고 싶었어요. 일종의 사진에 대한 예의랄까요.

왜? 아니 어떻게 그런 생각을 했니?

'예의'라는 말을 …….

선생님, 저도 가끔 생각을 해요. 적어도 제가 좋아하는 것에 대해서는 많은 생각을 하거든요.

아, 정말 미안. 선생님은 말로만 학생들을 이해한답시고 은근히 가르치려고만 하는 경향이 있지. 정작 잘 따라오지 못하는 학생들의 생각에는 무심한 편이지. 반성해. 진심!

아뇨. 그러실 필요까진 없어요. 어쩌면 당연한 것인지도 모르잖아요.

와~~~ 선생님이 지연이한테 한 방 먹었는데? 어쨌든 지연아, 이 시는 참 특별하다.

왜요?

다른 사람은 어떻게 볼지 모르지만 선생님은 너의 솔직한 마음이 담겨 있어서 너무 좋아.

예전에 상계동 공부방에서 시 쓰기 수업을 할 때, 유독 한 아이가 시를 못 지었어. 그래서 다른 아이들이랑 도와주었어.

어떻게요?

그 아이가 시를 지을 수 있도록 옆에서 조언을 했어. 그 아이에게는 잔소리로 들렸겠지. 그러자 그 아이는 정말 귀찮아서 한마디씩 내뱉었어. 그것을 다른 아이가 받아 적었어.

그렇게 시가 완성된거야.

정말요? 저보다 심하네요. 그래도 저는 직접 썼잖아요.

맞아. 어느 것이든 억지로 하는 것은 읽는 사람이 부담스럽잖아. 재미있는 것은 나중에 시집을 만들때 그 아이는 그 시를 애지중지 하는 거야. 말하자면 자신도 시를 쓰고는 싶었는데, 쉽지 않았다는 거지. 어쩌면 그게 속상해서 더 퉁명스럽게 말을 했는지도 몰라. 99

성난 먹구름이 가득 낀 날

박예림 (중1)

성난 먹구름이 가득 낀 날

마귀할멈의 손가락 같은 나무 아래에서
세 명의 아이들이 매달려 있다

성난 먹구름이 가득 낀 날

무덤 같은 언덕 위에서
세 명의 아이들이 뛰논다

성난 먹구름이 사라지는 날

세 명의 아이들은 어디로 갈까
어디서 하늘과 만나고 땅과 만날까

물결

선경은 (중1)

어두워진 도시에는
밤마다 형형색색의 물결이 친다

일렁이는 물결 속
사람들이 바쁘다
주위의 물결은 상관 않고
무심히 지나친다

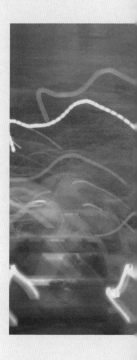

너무 밝아
잠 못 들게 하는 물결
진짜 물결은 어디 있을까?

한낱 간판밖에
안 되는 물결
우리의 눈살을
찌푸리게 하는 물결

진짜 물결은
사라진 지 오래
어느새
자연을 물결을 꿈꾸고 있다

해

이선주 (고2)

해가 진다
또 해가 진다
또또또 해가 진다

진짜 해가 졌다

나무 두 그루

김진수 (고1)

날아가는 새

하나 없는

어둡고

고독한

하루의 마무리

밤 이슥한 시간

나무 두 그루

내 마음 속 우뚝 솟았네

잎 많은 나무 한 그루

풍족해

잎 없는 나무 한 그루

가난해

우리의 모습 같아 보이네

우리를 따라 하는 것 같네

사진 한 장

홍지태 (고2)

사진 한 장
무엇을 생각하고 있을까?
나를 지치게 하고 힘들게 한다
세상은
시간 속으로
삶은
어디로
왜 이렇게 많은 생각을 해야 하나?
사진 한 장이 뭐라고……

바람에 흔들리는 꽃

양은희 (중3)

바람에 흔들리는 꽃은
왼쪽 오른쪽
살랑살랑
갈대같이 흔들린다

바람에 흔들리는 꽃은
넓은 하늘 등지고
해가 저물 때까지 흔들린다

바람이 불어 꽃은 흔들리지만
바람이 불어도
뽑히지 않는 꽃은
힘들어도 힘들어도 말하지 않는
우리 아빠의 모습

바람이 불지 않으면
흔들리지 않는 꽃은
부모님의 보살핌 없이는 살 수 없는
우리들의 모습

사냥

박세희 (중3)

붉은빛이 도는
해 질 무렵

날아가는 새 두 마리

스멀스멀 먹구름이 새들을
잡으려는 듯
다가온다

아슬아슬하게 걸려 있는 평화가
깨질 것 같다

나무가 되기를

박지은 (중3)

에헴, 이리 오너라
카랑카랑 울어대는
먹구름의 목소리

슬금슬금 도망가는
작고 여린 새털구름

흠, 흠, 그만해라
먹구름을 혼내주는
앙상한 나무 한 그루

인상 쓰며 살아가는
먹구름보다
눈치 보며 살아가는
새털구름보다

온화하고 당당한
나무가 되기를

어떤 쓴 사람에도
맞서 싸우는
나무가 되기를

골목길에서

강진경 (중3)

불 켜진 골목길
휑한 바람이 뒤덮고

바람 소리 새소리 들고양이 소리
가로등은 묵묵히 듣고 있다

푸르스름한 밤하늘
점점 깊어져가고

환하게 불 켜진 이곳
아무도 오지 않는 이곳

바람이 분다
가로등이 외로움에 몸을 떤다

아무도 오지 않는 골목길
가로등은 누굴 위해 불을 켰나

깜박깜박
흔들리는 가로등 불

골목길에 어둠이 잠기자
가로등은 그제야 깨달았다

꺼진 불 속
정처 없이 떠도는 소리들
불이 켜지자
제각기 갈 곳을 찾는다

골목길에 빛이 잠기자
가로등은 그제야 깨달았다

민들레

강진경 (중3)

한 뼘 정도 될까
자그마한 민들레
얼른 키가 커 달님에게 가고픈 민들레는
길쭉한 해바라기가 부럽기만 하지요

산들바람에도 살랑
나비 날갯짓에도 살랑
이리저리 흔들리는 민들레
얼른 튼튼해져 달님을 보고픈 민들레는
튼튼한 해바라기가 부럽기만 하지요

어느덧 해는 슬금슬금 집 찾아 들어가고
하늘은 남색 물감으로 덧칠해져요

나비도
벌도 사라지고
둘밖에 없는 쓸쓸한 들판
해바라기가 슬며시 민들레에게 몸을 기대요
나도 땅을 보고 싶어
해바라기도 민들레가 부러웠나 봐요

하늘색

파란색

남색

......

여러 색의 물감이 하늘에 칠해지고
저 멀리 달님의 코골일 자장가 삼아
총총 박혀 있는 별들을 불빛 삼아
사알랑 흔들리는 잡초들을 이불 삼아
민들레 하나
해바라기 하나
서로 편히 기대 잠이 들어요

닭털주 노트

우리들은 멋진 풍경을 보면 아름다움을 느낀다. 뭐라고 말로
형용할 수 없는 아름다움. 잘 표현된 글을 보면 그 풍경을 직
접 보았을 때와는 또 다른 아름다움이 전해온다. 아름다운 풍
경을 카메라와 마음에 담으면서 한 줄 글이라도 남기는 일은
풍성한 감성을 일으킨다. 그럴 때면 나의 마음에 다가온 풍경
을 아이들과 나누고 싶어진다. 그래서 학년 말이면 풍경이 담
긴 사진을 작은 카드로 만들어 선물하곤 한다. 아이들은 어떤
선물보다 좋아한다. 2008년에는 조금 색다르게 외국의 풍경
을 담아서 선물했다. 영국, 프랑스, 독일, 스위스, 이탈리아 등
유럽의 도서관을 찾아 약 2주간 다니면서 주변 풍경을 찍었다.
에펠탑과 센 강, 개선문, 몽마르트 언덕의 노을 풍경, 런던 브
리지, 하이델베르크 고성 등의 사진을 인화해 애들 품에 하나
씩 안겼다. 또 학교가 있는 흑석동의 아름다운 풍경을 담은 사
진은 자주 블로그에 올리고, 몇몇 사진은 인화해서 아이들에
게 선물하기도 한다.

기왕에 사진만 줄 게 아니라 아이들이 풍경에 대한 감성을 글로 남기도록 하면 좋겠다는 생각을 하게 되었다. 다양한 장소에서 찍은 풍경 사진으로 시 쓰기를 하였다. 사진에 담긴 풍경 중에서 가까운 곳은 학교가 있는 흑석동과 한강이다. 눈이 내리거나 비가 오거나 노을이 질 때는 어김없이 카메라를 어깨에 메고 찍은 사진들이다. 한강 풍경은 봄이나 가을, 겨울보다 여름에 주로 찍었는데, 여의도 63빌딩이 바라보이는 곳에 주로 갔다. 평소 달리기를 하며 미리 점찍어놓은 곳이다. 해 지는 시간에 맞추어 지하철과 열차가 지나가는 한강철교를 담았다. 그 밖에 인천 을왕리 해수욕장의 일몰 풍경, 순천만 갈대밭의 노을 풍경, 뉴욕의 야경이나 도시 풍경, 제주도 올레길과 바다 풍경, 오름공원 등을 찍기도 했다.

아이들도 어른들처럼 아름다운 풍경을 좋아한다. 특히 자신이 어디선가 보았던 풍경에 더욱 매력을 느낀다. 자신이 살고 있는 주변이 이렇게 아름답다는 것에 감탄하기도 한다. 매일 보는 풍경이지만 시간대에 따라 달라져 있는 모습에 색다른 상상을 하기도 한다. 그래서인지 아이들은 행사 사진이나 시사 사진에 대해서는 잘 물어보지 않아도 풍경 사진을 보면 꼭 묻는다.

선생님, 이 사진 어디서 찍으셨어요?
그 사진은 지난 1월 겨울 방학 때 갔던 미국 뉴욕 근처 보스턴이라는 도시 모습이야.

와, 멋있다.

미국 풍경도 아름다워요?

응, 세상의 모든 풍경은 어떻게 보느냐에 달려 있지?

전 미국은 싫어요.

왜?

우리나라를 마음대로 하려고 하잖아요?

하하하.

선생님, 저는 미국 좋아해요. 꼭 가고 싶어요.

선생님도 미국 좋아해서 갔죠?

음~~~ 미국의 좋은 점도 있고 나쁜 점도 있는데 확인해볼 것이
있어서 갔지.

뭐예요. 재미없어요.

그런데 선생님, 이 사진은 어떻게 찍었어요?

보스턴을 지나오는데 해가 지더라고. 버스 안에서 찍었는데 그렇
게 찍혔어. 흔들리는 버스 안이라 초점이 잘 맞지 않아서 아예 조
금 흔들어버렸지.

선생님, 여기는 한강 아니에요?

그래, 맞아.

언제예요?

아, 한강의 노을이 아름다운 때는 6월부터 8월까지야.

특히, 소나기가 퍼붓고 잠깐 해가 얼굴을 내미는 순간이나 비 갠
다음 날은 하늘이 깨끗하면서 구름도 많아서 좋지.

선생님, 다음에 같이 가요. 가고 싶어요.

뭐 하러? 사진? 아니면 운동?

둘 다요.

그런데 풍경이 아름다운 것하고 시가 나오는 것하고는 차이
가 있다. 나 자신도 풍경이 아름다워서 사진을 골라놓고도 막
상 시를 지으려고 하면 탁 막히는 경우가 있다. 그냥 아름답다
고 하기에는 뭐하고, 해지는 풍경을 보고 삶과 연결해 말하자
니 왠지 너무 어두워지기만 한다. 이런 생각을 하면서 아이들
의 시를 보는데, 좋아하면 무엇인가 이루어진다는 사실을 알
게 된다. 누가 말했던가? 상상을 하면 항상 그 이상의 무엇이
생겨난다는 말을. 아이들의 능력은 놀라웠다. 내가 느꼈거나
느끼지 못했던 것들이 아이들의 마음속에 자리 잡고 있었다.
지는 노을을 보면서 자신의 어린 시절을 떠올린다든지, 도시의
차량 불빛을 보면서 그 형태의 아름다움에 취해 음표를 생각
했다. 보름달, 초승달도 아이들에게 독특한 이야기를 건넸다.
아이들은 장면에서 자신의 마음과 닿는 보이지 않는 줄을 연
결하고, 몰입했다. 그 과정을 지켜보면서 아이들의 감성이 더
풍부해지도록 옆에서 열심히 응원하면 되었다.

남학생들은 여학생들과 사뭇 다르다. 풍경 사진에 별다른 감
흥을 일으키지 못한다. 일상생활에서 놀이와 게임 등의 현란
한 이미지에 익숙한 탓일지 모른다. 반면에 풍경을 평상시 여
유롭게 즐길 여유가 없던 아이들이 더 큰 감상을 느낀다. 학교

에서 이렇다 할 추억이 없거나, 세상이 자기에게는 낯선 곳뿐이라고 느끼는 아이들에게는 더욱 그럴 것이다. 그래서 학교 밖 아이들이 모여 있는 쉼터는 남학생들이지만 풍경 사진에 유독 남다른 반응을 보인다.

> **민석이는 풍경 사진이 왜 좋니?**
> 뭐라고 말해야 할지 모르겠어요.
> 아, 맞아요. 그냥 편해요. 저는 어릴 적 어머니 품이 그리운데, 어머니가 보고 싶은데 이 노을 지는 풍경 사진을 보면 왠지 어머니가 나타날 것 같아서요.

민석이는 눈물이 가슴속에서 말라버렸는지 눈물을 글썽이지는 않았지만 곧 올 것만 같았다. 그 이야기를 듣는 내가 뭉클했다.

누군가의 마음에 풍경으로 하여금 아름다움을 넘어서는 무엇인가를 떠올릴 수 있을 때, 시로 다가온다. 민석이가 그랬고, 미○이가 그랬다. 평소 말이 없는 미○이는 사진 속 풍경을 통해 자신의 꿈을 노래하기도 했고, 유○는 남들에게는 평범할 수 있는 풍경이지만 할머니 밑에서 홀로 자랐기에 아픈 과거를 떠올리기도 했다.

4.
거부할 수 없는
삶의 진실을
향하여

_ 시사 사진으로 시 쓰기

작은 신발들을 보며

김하연 (중1)

운동화

부츠

구두

모두모두 작네

난 언제 이렇게 커버린 거지?

발도 크고

손도 크고

나도 저거 신은 적 있는데

내 주인은 어디에

장수민 (중1)

군침 도는 냄새 풍겨오는
꼬물꼬물 낙지식당 옆
알록달록 신발 모여 있는
또각뚜벅 신발가게 있지

깜장깜장 구두가 침울하게
"왜 우리는 팔리지 않는 걸까?"
걱정스러운 목소리로 말하자,
모든 신발들이 제 걱정을 했어

분홍분홍 부츠가 거만하게
"난 예쁘니깐 금방 팔릴걸"
남색남색 단화가 걱정하며
"난 못생겼으니 팔리지 못할까?"

그러자 하얀하얀 운동화가
맑고맑은 때 묻지 않은 얼굴로
"제 주인이 있으니 신발이 만들어졌지.
언젠가 꼭 있는 주인을 찾을 거야"

모든모든 신발들 힘내고
환히환히 소리 내어 웃었지
"또각또각!" "저벅저벅!"
"탁탁탁탁!" "뚜벅뚜벅!"

그때그때 손님이 찾아왔어!
모두모두 웃음을 그치고
잔뜩잔뜩 긴장한 표정으로
가득가득 기대에 찬 눈길로

정말정말 나한테 꼭 맞는 주인이
언젠가 내게 찾아오겠지
그럼그럼 나는 저 땅 위를
날아갈 듯 걷는 날이 오겠지!

언젠가
곧
꼭
그런 날이 오겠지?

사람들

김하연 (중1)

저 불은 왜 켜둔 거지?

아무리 알록달록 빛나고
아무리 반짝반짝 빛나도

사람들은 그냥 쌩쌩 달리고
아무도 신경 쓰지 않는데

하연아, 선생님은 너의 눈을 보면 항상 무엇인가를 생각하는 것처럼 보여.

…….

항상 반듯하면서도 무엇인가를 고민하는 듯하다는 생각을 해.

네, 저는 생각이 많아요. 저희 어머니께서 항상 화두를 던지시거든요.

어떤 화두?

가령, 텔레비전 다큐멘터리 '동행'에서 찜질방을 전전하는 아버지와 아들 이야기가 나와요.

그래, 선생님도 본 적이 있어. 그런데?

그것을 함께 보면서 '너는 저렇게 아버지와 아들이 생활할 수밖에 없는 이유가 무엇이라고 생각하니? 저 사람들이 노력을 하지 않아서 그런 걸까? 아니면 다른 이유가 있을까?'

그래?

그래서 가끔 이런저런 고민을 하다 보니 때로는 사람들이 볼 때 멍하게 보일 수도 있어요.

어머니께서는 그 이유를 무엇이라고 말씀하시니?

선생님도 참. 그 이유를 말씀해주시지 않으니까 고민스럽죠.

하하하, 결론을 내리지 않고 생각하게 하시는구나!

그러다 보니 저도 항상 '왜 그럴까?'라는 구절이 머릿속을 떠나지 않아요.

그래, 이 시에서 '저 불은 왜 켜둔 거지?' 이 구절도 그렇게 나온 거니?

네, 아마도요.

무슨 의미니?

확실하진 않지만 분명 이유가 있을 것이라는 거죠. 사람들은 저마다의 이유로 세상을 살아가요. 전 어떤 모습으로 사람에게 비치는지 궁금해요.

그래, 선생님은 하연이가 순수하면서도 진지하고 생각은 많으나 할 말은 다 하지 않는 학생. 그 어디쯤일 거라는 생각이 들어.

그래요. 전 아이들이 막 장난칠 때 모습을 보면 함께 어울렸으면 하다가도 한편으로 몸이 말을 안 들어요.

왜?

모르겠어요.

아, 교실에서는 큰 소리로 떠들면 안 된다는 등의 규칙을 생각하는거구나.

아마도요. 그러나 꼭 그것만을 생각하지 않는데도 쉽게 몸이 움직이지 않아요.

그것은 네 몸이 무게가 많이 나가서 그런 것은 아닐까?

선생님은 $#@$

그래, 농담.

"

할머니 강아지

이은비 (중1)

계단이 많아도
엄마 손 꼭 잡고 가면 괜찮지

조금 지루해도
가위바위보 하면서 가면 재밌지

조금 힘들어도
할머니 생각하면서 가면 되지

할머니,
할머니
강아지 곧 가요!

고향

정현정 (중1)

저 멀리 보이는 우리 고향 집 대문
군데군데 보이는 녹슨 파란 대문
차에서 내려 대문이 열리면서
우릴 반겨주시는 할머니, 할아버지
쪼글쪼글한 주름이 가득한 손
하지만 누구보다 따뜻함이 가득한
할머니, 할아버지 손
부엌에서 모락모락 명절 음식이 준비되고
우리 집 누렁이는 가만히 앉아 있고
소는 여물을 먹고 있네
저 멀리 노을이 지면서 고향의 밤은 깊어가네
"밥 먹어라~~"

자물쇠

정현정 (중1)

남산에 올라가면 가장 먼저 눈에 띄는 것
자물쇠
연인, 가족, 친구와 약속한 다양한 이야기들
자물쇠에 예쁘게 써서
조심스럽게 걸어주고
저 멀리 열쇠를 휘익 던져버린다
이제
또 하나의 약속이 생긴다.

몇 년이 지나도 함께할 자물쇠
기분 좋은 웃음을 간직하고 남산을 내려간다
잊히지 않는 자물쇠
또 하나의 추억이 생긴다
또 하나의 약속도 생긴다

예쁜 자물쇠에 적은 글씨
"우리 우정 오래오래"

현정아, 현정이는 다른 아이들과는 많이 다른 것 같아.

왜요? 아니 알 것 같아요.

뭘?

…….

많이 어른스러운 것 같아.

그래요? 전 안 그런데.

선생님은 가끔 어른스러운 점이 시에서 나타난다는 말이야.

특히 우리 반 아이들은 초등학생 티를 벗어나지 못한 아이들이 많다는 생각을 하는데, 그렇지 않니?

저는 잘 모르겠어요.

중학생들이지만 보통은 그림책 읽어줄 때, 유난히 깔깔거리고 좋아하지. 시를 쓸 때도 그런 마음이 시에서도 나타나고. 네가 어른스럽다는 것이 때로는 친구들에게 불편할 수 있지만, 때로는 세상에 대하여 좀 더 넓고 깊게 볼 수 있다는 것일 수도 있어.

…….

남산의 자물쇠는 추억이고 약속이기도 한 것은 사실이지.

네, 그래서 그런 말을 사용했어요.

그런데 현정이의 시가 다른 친구들과 다른 점은 그 과정이야기를
잘 표현했다는 거야. 그렇다고 엄청 뛰어난 것은 아니고.

알아요. 엄청 뛰어난 것이 아니라는 것을요.

아니, 그렇게 정색할 필요는 없고.

조금 기분이 나쁠 뻔했어요.

그 과정을 차분하게 이야기할 수 있는 아이는 드물다는 이야기야.

헤헤헤, 고마워요. 선생님.

다른 이야기이긴 하지만, 가끔 마음먹은 것을 열심히 하는 모습이
좋아.

아이와 자전거

장선하 (중2)

길가 한 귀퉁이
서 있는 파란 자전거

얼마 지나지 않은 생일 선물일까
반짝반짝 빛이 난다

아장아장 지나가던 꼬마 아이
파란 새 자전거 보고 멈칫
한 걸음 두 걸음 다가간다

앞으로 뒤로
빙빙 뱅글뱅글
자전거 뒷바퀴 돌려본다

뒤따라오던 엄마는
안 돼 안 돼 에이 지지
말려보지만
아이는 계속
빙빙 뱅글뱅글

한 가닥의 희망은

이선호 (중3)

봄볕이 온 세상에 길게 늘어져
벽을 타고 흘러 먼 곳을 비추고

봄볕이 들지 않아
칙칙한 축축한 우울한
담벼락에 힘겹게 기대어
한 가닥의 희망은

햇살의 따뜻한 포근함 대신
담벼락의 우직한 단단함에서
한 가닥의 희망은

사람들도 다른 식물도
어떤 나비도 어떤 벌도
신경 쓰지 않는 뒤편에서
한 가닥의 희망은

그렇게 피어나고 있다

기다리는 침묵

안윤미 (고3)

아아
침묵의 시간이 왔다
조용한 유리 깨질 듯한 침묵

아아
침묵의 시간이 왔다
그들이 떠나 찾아오던 침묵

아아
침묵의 시간이 왔다
쓸쓸한 이별 그 속에서 온 침묵

노을과 이별하면
다시 찾아올 그 침묵
그 시간을 기다리며 나는 또 침묵하리

노량진 학원

전솔희 (고3)

노량진 학원 동네
비상에듀
메가스터디
제일고시학원

발 들여놓자 밀려오는 숨막힘
90분 수업
삭막한 문제집 넘기는 소리

1교시
2교시
3교시
그리고 점심시간
돈 없는 재수생
길가 1500원 김밥으로 허기를 달랜다.

1년을 버린다
1년을 버린다

그러나 ……

수강료 420,000
김밥 30,000
문제집 200,000
1년이면 5,600,000

정말 힘이 드는 1년

솔희야, 오랜만이지.

네, 선생님.

솔희는 별로 말이 없는 것 같아.

네.

지금이 제일 힘든 시기라서 그런가?

네.

솔희를 잘은 모르지만 솔희는 말할 때와 말하지 않을 때 너무 차이가 나. 그래도 이렇게 말하니까 표정이 있잖아. 너의 시를 보면서 '참 많은 생각을 하고 있구나.' 하는 생각이 들었어.

생각이 많다 보니까 시가 복잡하여 시를 읽는 사람이 조금은 힘들 것 같다는 생각을 했지.

네……, 그래서 선생님이 많은 부분을 고치고 또 고치라고 하신 거예요?

그래, 아마도.

선생님, 운율이라는 것이 생략을 하고 줄이면 나오는 것인가요?

아니. 꼭 그렇지만은 않아. 물론 조사, 접속어 등 빼도 내용을 이해하는 데 크게 상관없는 말들은 가능한 한 빼는 것이 좋지만.

제가 시를 써본 지가 오랜만이어서인지 자꾸만 설명을 하려고 해요.

그래, 처음에 시를 쓸 때는 그런 경우가 많지. 아, 그러고 보니까 우리 솔희가 이야기를 꽤 잘하네.

네.

하하하. 사실 운율이라는 것이 글자 수에 의해서도 보이거나 느낄 수 있지만, 더 중요한 것은 마음속에서 느껴지는 것이지.

어떻게 마음속에서 느낄 수 있어요?

음~~~ 쉽지 않은 일일 수도 있고 쉬운 일일 수도 있는데.

어떻게요?

그냥 읽어가면서 술술 안 넘어가는 부분이 있거든. 그런 부분은 글자 수를 조정해야겠지. 여러 번 자기 시를 읽어보는 것이 중요하지. 그런데 그것보다 더 어려운 것이 내용의 흐름이야.

선생님, 이 정도만 할게요.

아냐, 이것이 더 중요하거든. 말하자면 앞에서 말한 운율은 시를 계속 읽다 보면 조금씩 늘기도 하지만, 이 부분은 첫 단추를 잘 꿰어야 하는 것이거든.

네, 그럼 설명해주세요.

이 시의 경우에 말이야. 사진을 보는 순간 내가 사진 속 학원에 들어갔다고 상상되어 숨이 막힐 것 같잖아. 그러면서 왜 숨이 막히는지를 고민해야 하지.

그래서요?

그 순간 숨이 막히는 원인을 생각하면서 하나씩 풀어나가는 거지. 여기서 중요한 것 중 하나를 결정해야 하는 거야.

무엇을요?

숨이 막히는 것이 나만의 일인지, 아니면 숨이 막히는 것이 노량진 학원을 다니는 아이라면 누구나 겪는 일인지를 말이지.

이 시를 읽는 사람이 이 정도의 숨막힘을 견디어낼 가치가 있는지 아닌지도 고민하면서, 내 시의 수위를 조절하는 거지.

일단 솔희의 시에서는 수험생으로서의 숨막힘으로 그치고 있지. 그러나 다른 입장에 있는 사람이 시를 쓴다면 좀 더 깊이 들어갈 수도 있지.

선생님, 좀 어려워요.

말하자면, 삶을 그냥 느끼는 정도로 시를 쓸 수도 있고 느끼는 정도를 넘어서서 새로운 바람의 이야기까지 시 속에 녹여낼 수도 있다는 이야기야.

그다음 것은 힘들 것 같아요.

그래, 지금만으로도 괜찮지. 어쩌면 바람을 느끼는 것은 독자들의 몫으로 남겨두는 게 좋겠지. 아참, 설명적인 것과 묘사적인 것에 대한 이야기가 빠졌는데.

선생님, 오늘은 이 정도만 해요.

그래, 다섯 장이나 쓰고 고치고 옮기고 힘들었지. 그런 만큼 너의 마음이 시 속에서 독자들의 마음을 움직이게 할 수도 있어.

낡이다

이선주 (고2)

9월 17일
재미있는 강의가 있다더니………

오자마자 시 쓰란다

자전거

이선주 (고2)

"띠링띠링"
시끄러워 죽겠다
자전거는 꼭 사람보다 빠르려고 한다
치! 자동차보다 느린 게

자전거는 왜 꼭 인도로 다닐까?
자전거 도로도 있는데

선주는 시 쓰는 것이 귀찮니?

아뇨.

선주가 쓴 시가 짧아서 그런 줄 알았지.

네, 머릿속은 복잡한데 그것을 그대로 표현하기 어렵네요.

그래. 쉽지는 않지.

사실 조금 귀찮기도 해요.

사람마다 하고 싶은 일이 다 다르니까. 괜찮아.

어쩌면 이 시는 선주만이 쓸 수 있는 시인지도 몰라.

시가 마음에 든다는 이야기인가요?

그래, 선주 작품은 선주 작품대로, 솔희 작품은 솔희 작품대로, 희원이 작품은 희원이 작품대로 다 개성이 있잖아.

솔직히 그냥 하는 소리죠?

아냐, 선주를 아는 사람이라면 다 마음에 들 거야. 선주다운 시를 쓰는 것이 가장 좋은 시가 나오는 거거든. 조금 노력해서 깊이를 더한 시를 쓰는 것도 필요하지만. 그것 때문에 시가 너무 싫어지거나 하면 안 좋잖아.

아, 선생님께서 그렇게 말씀하시면 조금 창피해지는데요.

왜?

선생님이 내 작품을 위하여 포장하는 느낌이 드는데요.

하하하. 선생님은 너희들이 좋은 작품을 쓰려고 노력하는 모습은 좋은데, 그것이 정말 마음에 내키지 않을 때는 자신의 성격대로 하는 것이 좋다고 생각해. 왜냐하면 어차피 시라는 것은 자신을 이해하는 것이거든.

자신을 이해하는 것. 맞아요. 저는 이 사진을 보고 시를 쓰면서 내 자신에 대하여 생각하게 되었어요.

그리고 선주 시를 보고 선주를 이해하게 되었지. 시는 나를 그리고 남을, 사회를 이해할 수 있게 해줘. 그래서 가능한 한 매일 시 한 편씩을 읽곤 하지.

우와~ 선생님, 저도 그렇게 하고 싶어요.

3,475km

박서우 (중2)

이쪽으로 가면 캐나다
저쪽으로 가면 스웨덴

여기는 호주
저기는 콜롬비아

여기 가나
저기 가나
3,475km

우리 동네는 좁은 동네
즐거운 동네

서울역 계단에 걸터앉아

송원정 (중2)

나도 한때 잘나가던 시절 있었지
뒷짐 지고 팔자걸음 헛기침 흠흠
저쪽서 저쪽까지 몽땅 내 땅

딸 때도 있고 잃을 때도 있었는데
지금 보니 딴 건 푼돈 잃은 돈은 목돈이더만
가족도 다 떠나고 나 혼자 남았네

내 인생 남은 반절은 여기 걸터앉아
하릴없이 여기 앉아 사람들 구경
재밌어 보다 보면 어딜 그리 바삐 가는지

집도 땅도 가족도 잃고 오직 하나 남은 것은
젊은 날 나 영광스러웠던 기억뿐
그마저 가물가물 생각나지 않아

노인은 여기까지 말하고는 일어나서
젊을 때 예의 그 고고한 걸음으로
붉다란 석양 등지고 걸어갔다

작은 골목, 작은 집

이유림 (중1)

뒤엉켜 있는 집들 사이로
햇빛 한 줄기 들어오는
작은 샛길

나는 저 깊숙이 들어와야
찾을 수 있는 작은 집

그때 그 시절
붉은 벽돌집과 의롭게 서 있는
양동이 옆으로 손을 잡고 뛰던
춘자와 춘식이 생각난다

해맑은 얼굴에 예쁘게
피어나는 웃음

우리 집에 있던 누렁이를 보러
멈춰 섰던 아이들

우리 집 누렁이도 반가운지
꼬리를 살랑 흔들며
팔짝 뛰며 좋아한다.

그런데 그 아이들이 보고 싶다
그냥 보고 싶다. 그 아이들이
찾기나 할까 이 길을

저 고불고불한 골목 끝에서
그때 그 아이들의
와자지껄한 목소리가 들려온다

싱싱계란

김진영 (중3)

계란, 가격이 오르고 있는 계란
구제역 때문에 땅속에 파묻히고 있는 계란

한쪽 구멍가게에서는 그런 것도 서로 토닥이며
종이에는 '임진왜란 때 팔렸던 계란'이라며 파는

마트라면 5,000원
구멍가게 4,000냥

계란, 요즘 가격이 오르고 있는 계란
한쪽 구멍가게에선 판에 꽂혀
얌전히 누워 팔리길 기다리는 계란

추억

오현지 (중2)

열다섯밖에 살지 않았지만
문득 떠오르는 추억 한 조각

처음으로 부회장이 되어
떠든 아이들의 이름 적을 때

맨날 적히지 않으려 조용히 하려
애쓰는 내 모습이
아이들에게 비춰질 그때
왠지 모를 기쁨이 찾아온다

바쁜 일상 길에 서서
추억을 되살려보면
얼굴에 피어나는 웃음꽃

그땐 참 재미있었지

내일이 온다

조수연 (중1)

우윳빛 안개 낀 하늘에
초록빛 드넓은 잔디밭

가지를 길게 뻗은 나무가 하늘만 하네
남산 앞 작은 마을 안개에 가려져 있네

지금은
저 뒷세상 몰라도
이 앞 세상 다 알아

조용조용 앞만 보고 거니는 사람 넷
저 뒤 풍경 뿌옇지만 곧 맑아지네

내일은
온 세상 푸른 빛깔
깨끗하고 맑은 날

늦은 시간 빛나는 시장 골목

유문임 (중1)

추운 밤 하얀 눈들도 추운지
구석에 모여 온기를 나눈다.
이곳저곳
반짝반짝 빛나고

냄비는 입김 불듯 쉴 새 없이 모락모락
연기를 내뿜고
낯익은 골목
낯익은 냄새
낯익은 간판
추운데도 포근해지는 시장 골목
옷을 껴입고 이곳저곳 살피는 아주머니
항상 그 자리에서 환하게 빛나는 불빛
저녁마다 느끼는
담겨 있는 어머니의 사랑

참 우습다

박소영 (중1)

길모퉁이 작은 바다 오랜 세월
정겨운 그 가게
여기서 팔딱
저기서 팔딱
저마다 미끌미끌
유연한 팔방미인
저마다 뽐내려고
꿈틀꿈틀 물속 지렁이들
저마다 삐끔삐끔 뽐내는 그 모습들이
참 우습다

나에게도 요정이

김지영 (중2)

차 다니고 사람 다니는 거리 위
그 거리 위 낡은 책 하나
'나의 요정일기'

시험 볼 때 나타나는 시험요정
나한테 오면 좋을 텐데……
또 저 애에게 가면 어떡해

나 혼자 놀 때는
요정이 다가와
나의 친구 되네
나에게도 요정이

나에게도 요정이 찾아오네

계단

박혜영 (중1)

집으로 가는 가파른 계단

혼자인 나에겐
빌딩처럼 높게 느껴지고
암벽처럼 가파르게 느껴지고
수학 문제처럼 뒤죽박죽 느껴지고
하늘의 수많은 별처럼 느껴지지만

그 힘든 계단이
엄마와 함께 손잡고 올라간다면
그 무엇보다도 내게 즐겁게 다가올 것 같아

시장 아줌마와 야채들

이사라 (중2)

옆 가게 문 닫는 줄 모르고
나물 손질 바쁜 아줌마
옆 가게 문 닫는 소리 듣고
긴장하는 야채들
아줌마는 야채 팔 걱정에 시간 가는 줄 모르고
야채는 팔리지 못할 불안감에 시들시들해간다
전구 두 개에 의지하여 장사하는 아줌마
하나씩 꺼지는 전구에 불안한 야채들

아줌마가 야채들을 상자 속으로 집어넣으면
야채들은 안타까움에 축 늘어진다

외롭다

박의현 (중1)

좀 깎아줘요
사람 많은 시장이
점점 변하는구나

떨이요~떨이
모두 행복했던 시장이
많이 변했구나

대형 마트에 밀려
웃음도 사람들의 발길도
이젠 끊겼구나

바쁜 일상에 치여
시장의 다정함도 따뜻함도
이젠 보기 힘들구나

시장은
상인들은
사람들이 많이 없어
외롭고 또 외롭구나

전투

허은주 (중1)

그의 얼굴에는
온갖 생각이 들어 있고

점점 총을 쥔 그 손에
힘이 들어가고

고향에 두고 온
아내와 내 새끼들이
보고프다

이제 조금만 더 가면
전장일 것이고
그 자리에서
목숨 바쳐서 싸우리

전장에서 다치거나
죽는 한이 있어도

나는
고향에 있는 가족들이
그리워

전장에서
싸우고 싸우고 싸우고
이기고 이겨서
살아남으리

지하철

김연주 (중1)

저녁 7시 사람들이 지하철역에 모여 있다
퇴근해서 집으로 가는 사람
이제야 출근하는 사람
놀러 갔다 돌아오는 사람
지금 놀러 가는 사람

저 멀리서 그분이 오신다
슝, 지하철이 지나간다
깜짝 놀라 안경을 떨어뜨린 사람
콰지직, 안경이 부서진다
10만 원짜리 안경

끼이익~ 문이 열린다
들어가니 따뜻한 바람이
얼었던 몸을 녹여준다

문은 닫히고 출발한다
뒤늦게 도착한 사람들의
아쉬운 표정이 보인다

오늘도 지하철은 오고 가고
잠이 들어 내릴 역을 놓친 아줌마
다시 지하철을 갈아타는 아저씨
나는 자지 말아야지 생각하다가도
일어나면 한 정거장 더 가 있다
나의 교통카드 잔액이
오늘도 날아가는구나

내 마음을 울리다

서윤정 (중1)

소리가 들린다
공포의 소리
귀신보다
좀비보다
죽은 시체보다
더 무서운 소리
순간마다 죽고
앞을 보고 뛰고
뒤를 보고 달려도
'쾅! 쾅! 쾅!'
그리고 들려오는 소리
'살려줘! 으악!'
귀를 막아도
눈을 감아도
들려오는 소리

무전기 속에서
들리는 공포의 소리
소리 지르는 소리
내 마음이 울린다
슬픔으로
그래도
싸운다, 죽은 이들을 위하여!

Plastic

차태규 (고1)

수많은 아파트와 빌딩으로
벽이 쌓인 도시
탈출할 수 없는 이곳은
우리들의 묘지
그들은 저마다의
삶을 위해 숨을 고르고
신발 끈을 조이지만
도시는 꽉 막힌
직장 상사마냥 날 숨 가쁘게 하고
내 신발 끈처럼 숨통을 조이지
기점에서 종점으로 오가는
지하철 같은 삶
어느덧 시간은 12시
오늘과 같은 하루를
반복하기 위해 눈 감는 시간
탁 트이지 못한
이 도심 속 하늘

기둥 1

김태우 (고2)

수많은 계단 그것은 거대한 벽
부술
힘이 없다
발버둥 쳐봐도
힘만 든다
포기할래?

그
순
간

어디선가 보이는 사다리
사다리로
벽을 넘었다

기둥 2

김태우 (고2)

대마왕, 넌 무적이다
난 레벨 로*
레벨이 올라갈수록 지루하다.
하지만
아직 레벨 30
싸워도 싸워도 끝없는 몬스터
물약을 써도
물약은 초보자용
파티를 맺고 마왕을 이겼다
역시
파티가 최고다

*편집자주 - low

아주머니의 손

지선아 (중3)

어스름이 스멀스멀 내려오기 시작한
어느 추운 겨울날의 시장 골목길

얼어붙은 길바닥과 드문드문 쌓인 눈
눈 쌓인 평상과 꽁꽁 싸맨 사람

사람도 별로 없는 시장 골목 구석에서
솥뚜껑을 여는 아주머니의 손이 보인다

하늘 높이 모락모락 피어오르는 김이 가져갔다
아주머니의 추위와 걱정과 시름을 가져갔다

사람도 별로 없는 시장 골목 구석에서
찾아올 누군가를 기다리는 아주머니의 손

먹구름

유수경 (중3)

하늘에 먹구름이 뒤덮인다
곧 비가 내릴 듯이 주변이 어두워진다
가파른 길을 올라가시는 할머니가
주저앉아 무릎을 두드리신다
정말 비가 오는구나 했더니
하늘은 눈까지 퍼붓고 있다
아파트 지붕이 하얗게 뒤덮인다

한바탕 눈과 비를 쏟아낸 뒤 쉬고 있는 하늘은
여기저기서 자기를 찔러대는 크레인에 지쳐간다
눈이 그치고 아침이 오면
멈춰 있던 크레인이 다시 움직이겠지
뒷산이 아파트로 뒤덮인다
다시 먹구름이 몰려온다

그해 겨울

김래옥 (중2)

눈이 많이 왔던 그해 겨울
어제는 거무죽죽하기만 했던 도로에
뒤죽박죽 삐뚤삐뚤 달아놓은 간판에
하얗게 하얗게 덮여진다

어제는 까맣게 때가 끼어 보기 싫던 트럭이
그 자국 숨겨주려고
오늘은 하얗게 하얗게 덮여 있다

길바닥에 굴러 떨어져 아무도 보지 못했던
오돌토돌 귤 하나
닭살 돋은 그 피부 춥지 말라고
오늘은 하얗게 하얗게 덮여 있다

우리우리 사람들은 하나같이 까만 옷에 목도리가 칭칭
행여나 전깃줄에 아슬하게 걸려 있던 눈이 떨어질라치면
후다닥 그 흔적을 없애려고 해

그들은 그들은
하얀 게 싫나 봐

닭털주 노트

우리가 시를 쓰는 목적이 무엇일까? 결국 우리 삶을 되돌아보며 깊은 대화를 나누고 아름답게 살기 위한 것은 아닐까? 개인적으로 시가 다가오는 경우는 삶이 힘들었을 때 삶의 의미를 다시 고민하는 그 지점이었다. 시는 삶 그 자체이면서 삶의 희망이기도 했다. 시와 또 다른 방법으로 세상과 소통하기도 했다. 사진 찍는 일이다. 세상 사람들의 이야기를 내 작은 뷰파인더 안에 넣을 때마다 삶의 희망이 담겼으면 하는 바람이 생긴다.

카메라는 항상 나와 함께하는 가장 오래된 동반자다. 항상 가지고 다니는 것이 불편하지 않으냐고 사람들은 말한다. 사실 때로는 불편하다. 다만 습관으로 그 불편함을 이겨낸다. 오히려 옆에 없으면 허전하여 카메라는 내 몸 일부가 되었다. 처음에는 그냥 카메라가 좋았다. 그러고는 사진 찍는 것이 좋았다. 사진에 한참 빠질 즈음에 누군가 왜 사진 찍는 것이 좋으냐는 물음에 이렇게 되물었다. 사람 사는 모습이 흥미롭지 않느냐고.

처음 사진을 찍기 시작한 것은 수원에서 서울로 지하철이나 버스를 타고 다닐 때다. 머리가 복잡하거나 왠지 멍하여 책이 눈에 들어오지 않을 때 주변을 바라본다. 버스를 기다리는 사람들의 표정, 지하철에 앉은 사람의 다양한 모습들, 혹은 해질 녘 한강의 풍경 등이 정말 흥미로웠다. 그 순간만큼은 지루했던 삶에 활력이 되었다. 사진에 조금 자신이 붙으면서 세상의 다양한 모습을 그때그때 몇 장씩 찍는 습관이 들었다. 만나는 사람들은 좋은 사진의 대상이 되었다. 사람들의 모습을 보면 전에 보았던 사람들의 삶의 모습이 떠올랐다. 인물 사진으로 유명한 최민식의 사진집에 애착이 간 것은 그 당시 사진 속에서 삶이 보이기 시작했기 때문이다.

삶은 역사이고, 사실이고, 증거였다. 삶을 다루는 사진은 모두 사연이 담겨 있다. 현재를 살아가는 사람들의 사연. 혼자서 도시의 변두리를 걷다가 만나는 풍경과 사람들, 쫓김과 쫓음이 혼란스럽게 얽히고설키는 서울 도심 집회의 풍경, 그리고 도서관을 도서관답게 만들기 위해 의기투합한 학교 도서관 모임 사람들의 이야기. 있는 그 자체로 의도하지 않은 채 사실을 사실답게 담아내려고 했다. 또 변해가는 우리 동네를 통해 우리네 삶의 살아가는 사연을 담아내고 싶었다. 명동과 인사동, 홍대 등의 사람들과 역사가 들끓는 공간들과 삶의 족적이 듬뿍 담겨 있는 흑석동의 어제와 오늘, 그리고 미래를 담아내려고 애썼다. 점차 과거가 되어가는 서민들의 삶의 공간도 사연을 가지고 말을 걸어왔다. 전라남도 강진의 시장 풍경은 도시인들에게는 남다를 수밖에 없었고, 비가 오거나 눈 내린 날, 흑석시장의 으스름한 저녁 풍경도 새로운 느낌으로 다가왔다. 약 3년 넘게 아이들과 함께한 공부방이 있던 노원구 당고개 근처 점집들도 특별하게 다가왔다. 담이 키보다 조금 높은 집들이 바둑판 모양으로 다닥다닥 붙어 있는 모습은 서울의 70년대 풍경을 그대로 지키고 있는 듯했다. 한 평 남짓한 방에서 문을 열면 바로 길거리로 인접한 삶이 풍기는 향은 서민의 애환을 그대로 담은 듯싶었다. 서대문 형무소 공원에 태극기, 신촌이나 상계동 후미진 골목길은 물질주의의 그늘에 가려 보이지 않지만 공존하고 있는 모순된 세상을 그대로 보여주었다.

아이들이 좋아하는 사진은 꼭 아름다운 사진만이 아니다. 아이들에게도 추억이 있고 그들만의 공감이 있다. 골목길이나 골목길에 놓인 자전거 등에 어렴풋하지만 자신들의 삶의 꼬리를 잡은 듯 느낌을 표출한다. 이미 삶의 고뇌와 고통을 겪은 아이들은 고통 받는 누군가를 쉽게 비난하지 않는다. 좀 더 일찍 부모라는 울타리가 사라져 세상 속으로 들어간 아이들은 서울역의 노숙자를 보고서 쉽게 욕을 하지 못한다. 자신 혹은 친구들의 부모님도 쉽게 그곳에서 벗어나지 못했을 수도 있기 때문이다.

시사 사진을 싫어할 줄 알았다. 나의 오해였다. 물론 쉽게 다가설 수 없는 이야기가 있지만 그것만으로 아이들이 세상을 모른다고 말할 수는 없는 것 같다. 자신들 방식대로 사진을 보고 세상을 보았다. 명동 거리에서 온몸에 붕대를 감고 있는 사람을 보고는 그냥 재미있다고 보다가 어떤 아이가 '미쳤다'고 외치면 그렇게 여기기도 한다. 완성되지 않은 어떤 아이의 글을 읽어보면, 그 사람이 미친 이유가 세상이 미쳤기 때문이라고 말하기도 한다. 내용을 얼마만큼 아는가를 넘어서 느낌으로 깨달아가는지도 모른다. 추운 날 시장 골목에서 장사하는 아주머니의 손을 보고 가슴 아파하기도 하고, 어두운 도시 길거리 상점에 놓여 있는 신발들을 보고 삶을 살피기도 한다. 아이들의 눈에 비친 세상은 그들이 이해한 만큼의 세상이기도 하고, 아이들이 살아가야 할 세상의 실제적인 모습이라는 것을 느끼는 것 같다.

나는 아이들이 시사 사진을 보며 자신의 삶을 되돌아보길 바랐다. 사진 속에 자신을 넣는 일이 힘들지만 그런 과정에서 진실한 시가 나올 수 있다고 믿었다. 그런 진실한 마음이 다른 사람의 감동을 주기 때문이다. 아마도 시사 사진으로 시 쓰기가 쉽지 않은 이유는 세상 속 모습에서 자신의 삶을 투영하기에는 아이들의 삶이 너무 아프기 때문이 아닐까 싶다.

　　미○아, 이 사진을 보고 무슨 생각이 드니?

흑석동 재개발로 자신이 살던 동네에서 멀리 이사를 간 아이다. 어쩌면 언니가 졸업할 때까지 이 학교를 다녀야 할지도 모른다.

네. 아파트네요.

그래, 멀리서 학교 다니는 것이 힘들지 않니?

아이는 애써 힘든 내색 하지 않고 말한다.

재미있어요. 버스를 타고 지하철을 타고 다니는 것도 태어나서 처음이잖아요.

공부에 별로 관심이 없지만 애교가 많은 아이다. 하지만 조금 힘들어 보인다. 가끔 학교를 늦게 오기도 한다. 미○이의 집안을 생각하면 아이가 겪어야 할 삶의 무게가 느껴져 더 이상은 묻지 않게 된다. 자신의 집을 밀어내고 짓고 있는 아파트의 모습에서 애써 예전의 이야기를 떠올리지 않으려 하는 것 같다.

어떤 아이는 도시의 뒷골목이나 화려한 조명으로 무장한 명동의 모습을 남의 이야기로 혹은 자신이 꿈꾸는 도시의 이야기로 치환하기도 한다. 자신의 삶과 무관하게 다가가다 보니 더 쉽게 시를 짓기도 한다.

시사 사진은 아름답거나 화려하지는 않지만 우리들 삶의 모습이다. 그 삶에는 우리들의 부모님이 있고 이웃이 있고 조금 더 거친 사회가 있다. 우리 아이들이 언젠가 그 속으로 들어가야 한다. 〈바다와 나비〉라는 시가 있는데, '나비'라는 연약한 존재가 넓고 푸른 세상 즉 '바다'로 갔다가 날개가 물결에 젖어 지친 몸으로 돌아온다는 내용이다. 그 시에서처럼, 무작정 그 사회 속으로 들어가기에는 우리는 너무 약하고 세상이 너무 삭막해졌다. 시사 사진 보고 시 쓰기는 세상과의 작은 소통의 시간이 될 것이라는 바람을 가져본다.

5.
사진 시 수업, 이렇게 이루어졌다

어떻게 시 수업이 이루어졌나?

내가 하는 국어 수업의 10분의 1 혹은 5분의 1은 시 수업으로 채운다. 너무 한쪽으로 치우친 면이 없지 않느냐고 물을 수도 있지만 시 수업이 꼭 시만 공부하는 것이 아니라는 말을 하고 싶다. 예를 들어 시를 감상하고 이해하는 과정에서 문학 수업의 전반적인 이야기를 한다. 시를 읽은 후의 활동으로 감상문을 쓰면 수필이 될 수가 있고, 시를 분석하고 글을 쓰면 논설문 혹은 설명문이 될 수도 있다. 서로 토론하면서 글을 쓰기도 하고, 시를 소설로 바꾸는 활동을 하기도 한다. 말하자면 기본은 시 수업이지만 그 수업 속에 다른 문학 장르는 물론이고 비문학적인 내용까지 들어간다. 이른바 통합 수업을 시를 중심으로 하려고 했다.

시를 중심으로 한 수업에서도 시 창작 수업을 중심으로 두고 해왔다. 다만 예전에 공을 들인 시 수업에서는 좋은 작품이 매우 어렵게 나왔는데, 이번에는 그렇게 긴 시간이 걸리지 않았음에도 불구하고 좋은 작품이 여럿 나왔다. 거의 매년 국어 수업이 끝나면 학생들이 발표한 시를 모으고 복사하여 작은 시집을 만들곤 한다. 2007년에는 시와 그림을 연결해보려고 했다. 모둠별로 시를 쓰고, 배경 그림을 그리도록 했다. 겉표지도 학생들에게 공모한 작품으로 하였다. 좋은 시가 많이 나오지 않았다고 해도, 시를 직접 써보는 과정 자체만으로도 학생들에게 충분히 의미가 있다고 생각한다. 다만 노력한 것에 비해 최종적으로 좋은 작품이 많이 나오지 않으면 아쉬움이 남는다.

사진을 활용한 이번 시 수업에서는 좋은 시 작품이 많이 나왔다. 처음에는 이런 결과가 우연이라고 생각했는데, 사진으로 하는 시 수업 이야기를 들었던 선생님은 결코 우연이 아니라고 했다. 이전 세대에 비해 요즘 아이들은 사진과 같은 비주얼 자료에 더 익숙하다. 글을 통해서만 글을 만들어냈던 시대의 교육 방법이 변화가 필요하지 않나 싶어진다. 그럼에도 사진으로만 시 수업 효과를 모두 이룰 수는 없다. 그동안 꾸준히 쌓아온 시 수업 과정의 모습을 되돌아볼 필요가 있다.

시 창작 수업 20년

시 창작 지도를 해본 사람은 알겠지만 수업이 쉽지는 않다. 그래서 시 창작 수업을 기피하기도 한다. 시를 써본 사람이 좋은 조건을 갖췄다고 할 수 있지만, 그런 사람만이 시 창작 지도를 잘할 수 있는 것도 아니다. 교직에 들어서 처음 하게 된 시 수업에 뭔가 빠진 느낌을 가지게 되었는데, 곰곰이 생각해보니 시 창작이었다. 길게는 20여 년 시 창작 관련 수업을 해왔다.

처음 연구수업을 시 창작을 주된 내용으로 진행했다. 그 당시 장학사는 혹평을 했었다. 발단은 교과서에 나오는 '해마다 봄이 오면'이라는 작품에 대해 학생들이 작은 감동도 받지 못한다는 표현 때문이었다. 미리 학생들에게 시의 느낌을 조사한 결과를 바탕으로 하였기에 별문제가 되지 않을 것으로 생각했다. 장학사는 그렇다고 하더라도 교사는 감동을 받을 수 있도록 수업을 하는 것이 의무라고 말했다. 지금 생각하면 교사가 여론 조사로 쉽게 시를 평가하는 것에 조심할 필요를 느낀다. 논란은 그게 끝이 아니었다. 수업은 그 시에 대하여 자신만의 감성을 표현하는 시 창작으로 나아갔다. 그것은 교과서에 게재된 시 풀이는 간단히 하고, 시 창작에 집중하였기에 교과 과정에서 벗어난 것으로 보아 비판은 더욱 날카로웠다.

젊은 교사였던 시절이라 좌절감이 있기도 했지만, 글쓰기 수업은 국어 교사로서 포기할 수 없는 것이다. 국어 교육은 말하기, 듣기와 글쓰기로 이루어지지고, 그중 글쓰기 교육은 국어 교육을 완결시켜주는 중요한 부분이지만 너무 형식적으로 진행된다는 느낌이 들었다. 그래서 글쓰기 수업을 국어 수업 전반에 걸쳐서 진행했다. 처음 수업에 들어가면 글쓰기 수업에 대한 상세한 안내를 4시간 정도 하고, 창작노트를 만들어 사용하도록 했다. 월별로 글쓰기 수업 계획을 짜서 학생들에게 나누어주었다. 3월에는 글쓰기 교육에 대한 기본, 4월에는 원고지 사용법, 글감 찾기 등 글쓰기 기초 교육과 자기소개서 작성하기, 일기 쓰기, 편지 쓰기 등 기본적인 글쓰기를 했다. 5월에는 내용 구성하여 쓰기, 바르게 쓰기, 6월에 들어서며 시 쓰기, 수필 쓰기, 소설 쓰기 등의 수업을 하였다. 그 밖에 설명문, 논설문, 기사

문, 가사문 등의 비문학적인 글쓰기도 하였고, 학년 말에 가서는 지금까지 학생들이 쓴 것을 모아서 〈국어문집〉을 만들었다. 이 작업은 10년 이상 계속하였다.

그 이후 국어 수업에서 시 창작 수업이 본격적으로 이루어졌고, 어느 때는 한 달 이상을 야외에서 창작 수업만을 하기도 했다. 그때 했던 시 수업의 주제는 '느낌으로 다가서는 시 공부'였다.

느낌으로 다가서는 시 공부 사례

● 시적 상상력을 위하여
  단어를 넣어 시어를 만들어보게 했다. 쉽게 할 수 있는 것이라 아이들은 즐겁게 참여한다.

1. (   )의 힘
    절망한 자는 대담해지는 법이다. – 니체

2. 도마뱀의 짧은 다리가 (   ) 도마뱀을 태어나게 했다.

3. 공통으로 들어가는 말은?
    한 편의 시 속에서 시 전체를 아우르는 시어를 찾아보게도 하였다.

(　　) ←제목은?
오렌지 주스를 마신다는 게
커피가 쏟아지는 버튼을 눌러버렸다.

(　　)의 무서움이다.
무서운 (　　)이(가) 나를 끌고 다닌다.
최면술사 같은 (　　)이(가)
몽유병자 같은 나를
(　　) 또 (　　)의 안개나라로 끌고 다닌다.

4. 알맞은 말은?
조금 어렵지만 시어 선택에 따라 의미가 어떻게 달라지는
지 보여주기 위해서 선택했다.

세 개의 변기

변기에서 검은 혓바닥이 소리친다
(　　)은 위에서 풍성하게
너털웃음 소리로 쏟아지는 (　　)이요
치욕은
변소 및 돼지들의 울음이라고

(중략)

개들의 시절에 욕심쟁이 개들아
너희들은 똥을 먹어도 참 우스꽝스럽고 (   ) 좋게 먹는다
(   )도 없이
(   )도 없이

나는 개들의 시체 즐비한 보신탕 골목에서
삶은 개의 뒷다리를 보았건만

● 야외수업

야외 수업은 무더운 6월 교과서 진도를 끝내고 화단 옆에
서 자연과 더불어 호흡하는 시간을 가지다가 시작한 수업
이다. 아이들은 첫 시간에는 꽃을 보고 개미와 놀다가 하
늘을 쳐다보았다. 시는 짓지 않았다. 두 번째 시간부터 시
어 찾기 게임을 했다. 1차시에는 마음껏 상상하도록 하기
위하여 간단한 낱말을 넣게 하였지만, 시에 대하여 조금
씩 흥미를 느낄 즈음에는 친구들끼리 찾은 시어를 비교해
보며 답 찾기에 재미를 붙였다. 그럴 때 재미있는 시 한 편
을 더 추가하여 시에 한 발짝 더 다가가게 하였다. '지렁
이', '선풍기'와 같은 시를 소개하며 무엇에 대한 시인지를
묻기도 했다.

이 세상에 아이들이 없다면
(   )도 없을 것이다

(   )이 없으므로 (   )도 없을 것이다.

(   )이 없으므로 (   )도 없을 것이다.

(   )도 없으므로 (   )도 없을 것이다.

(   )이 없으므로 (   )도 없을 것이다.

(   )가 없으므로 (   )도 없을 것이다.

(   )가 없으므로 (   )도 없을 것이다.

(   )가 없으므로 (   )도 없을 것이다.

(   )가 없으므로 (   )도 없을 것이다.

(   )이 없으므로 (   )도 없을 것이다.

(   )을 타고

매일 매일 하늘에서 내려오는

눈부신 (   )을 본 사람은 아무도 없을 것이다.

– 안도현《외롭고 높고 쓸쓸한》중에서

물론 다른 선생님들도 이미 활용하고 있는 여러 내용들이다. 다만 야외에서 더욱 자유롭게 시 창작에 관심을 가지도록 하였다. 길게 할 때는 20차시로 계획을 잡아 글쓰기 수업을 하였다.

야외 창작 수업 20차시 글쓰기

1차시: 내가 쓰고 싶은 글감 정하기/ 이름으로 삼행시 짓기

2차시: '새봄' 모방 시 쓰기

3차시: '호수' 모방 시 쓰기

추가 – '껍데기는 가라' 모방 시 쓰기 (중2 이상)

4차시: 나의 자랑 100가지 쓰기/ 나의 단점 50가지 쓰기

5차시: 거울에 비친 내 모습을 생각하면서 시 쓰기

(나의 중학 시절, 어린 시절, 처지, 나의 미래, 꿈, 희망, 좌절 등)

6차시: 학교 하면 생각나는 낱말 적기/ 자신의 학교생활에 대한 글쓰기 – 시 또는 산문(수필)

다음 중 한 가지를 골라서 글쓰기

(수업, 체벌, 청소, 시험, 소풍, 백일장, 체육대회, 두발, 명찰, 입학식, 졸업식 등)

7차시: 재미있는 시 감상하기

8차시: 주변 즐거운 일에 대해 생각해보고 시 쓰기

9차시: 운율 중심의 시 감상문 쓰기

10차시: 좋아하는 음악을 떠올려보고 시 쓰기

11차시: 〈애국가〉를 가지고 시 쓰기

12차시: 좋아하는 노래 가사 가지고 시 쓰기

13차시: 이미지 중심의 시 감상문 쓰기

14차시: 그림을 보고 연상되는 장면을 떠올려보고 시 쓰기

15차시: 사진을 보고 연상되는 장면을 떠올려보고 시 쓰기

16차시: 영화를 보고 연상되는 장면을 떠올려보고 시 쓰기

17차시: 최근 시사적인 사건, 예를들어 '이라크 파병' 등에 대

하여 산문 쓰기

18차시: 역사적인 사건에 대한 시 쓰기 1

19차시: 역사적인 사건에 대한 시 쓰기 2

20차시: 야외 창작 수업에 대한 감상문 쓰기

모든 활동은 자신의 창작노트에 남기도록 했다. 좋은 작품들은 야외 게시판에 공개하거나 교실 복도 벽에 붙여놓기도 하였다. 학생들은 이 수업을 하면서 정말 즐거워했다. 함께 시어를 찾으며 다양한 낱말을 가지고 놀았고, 찾은 낱말을 가지고 와서 맞는지 확인하기도 하고 몇 명은 벤치에 앉아 정답이 공개될 때까지 기다리기도 했다. 어떨 때는 화단 앞에서 떠들다가 과학 수업을 방해하는 바람에 과학 선생님이 항의하기도 하였다.

야외 시 창작 수업은 시적 상상력을 풍부하게 하는 것에 초점을 맞추었다. 예를 들어, '구름'이라는 시를 쓸 때, '구름'이라는 낱말에서 상상할 수 있는 것들을 찾아보게 하고, 다른 예들을 보여주며 자연스럽게 상상을 넓히게 했다. 사례는 시 수업을 위하여 몇 년간 국내 시집에서 주제별로 시를 모아 묶은 자료집을 만들어 그것을 활용했다. 목적을 '시적 자유로움'에 두었기 때문인지 아이들이 시를 많이 쓰지는 못했다. 치밀하게 시 창작 지도를 하지 못한 탓도 있었다. 시 수업을 체계적으로 해보고 싶어서 여러 선생님들과 함께 시 수업 프로젝트를 개발했다.

시 수업 프로젝트

2004년 동작교육지원청의 지원을 받아 개발한 연구 수업부터 프로젝트 시 수업의 형태를 갖추었다. 이 프로젝트 시 수업은 백화현 선생님이 개발한 것이다. 그 프로그램을 상황에 따라 다양하게 변형하면서 수업을 진행해 왔는데, 대략적인 과정은 다음과 같다.

먼저 1단계는 '시에 다가가기' 단계로 교사가 시를 해석하고 감상하는 방법을 알려주고, 2단계는 '시 해석하기' 단계로 학생들이 여러 방법으로 시를 해석하는 연습을 하고, 3단계는 '시 감상하기' 단계로 학생들이 자신의 느낌을 중시하면서 시를 마음껏 이야기한다. 그다음 단계가 '시 창작하기' 단계다. 이 단계를 통하여 학생들은 시의 의미를 종합적으로 알게 된다.

학생들에게 시를 가르치는 목적은 세상을 제대로 보는 눈을 기르고 아름답게 살아가는 법을 알게 하기 위함이다. 시를 해석하는 방법을 통해 시와 관련한 시험 능력을 키우는 것이 전혀 없는 것은 아니지만, 시를 사랑하게 하여 시집 한 권을 서점에서 살 수 있는 마음, 도서관에서 시집을 찾아서 읽게 하기 위한 것에 방점을 두었다. 시 창작하기를 제외하면 수업이 잘 진행되었다. 좋은 결과를 얻기 위해서 충분한 시간을 갖고 학생들이 시에 다가서도록 했다.

기존의 방식에는 교사가 일방적으로 시를 해석해주었지만 학생들이 여러 번 시를 읽으면서 스스로 시의 감성을 이해하고, 시 속 주인공이 어떤 상황에 처해 있는지를 시 속 핵심어를 통하여 파악하도록 한 것이 시를 이해하는 데 도움을 주었다. 먼저 시를 대하는 학생들이 시가 공부라는 부담이 아니라 스스로 시를 느끼고, 이해하고 분석할 수 있도록 시간을 낸 것이 아이들의 시 이해에 더 좋은 결과를 내었다. 그럼에도 시 창작은 아이들이 여전히 힘들어했다. 간헐적으로 사진이나 그림을 이용하기는 했지만 이번에는 본격적으로 사진을 중심으로 놓고 시 수업을 진행해보았다.

시에 대한 다양한 경험 쌓기

사진으로 한 시 수업 이전에도 시를 직접 써보는 시 창작 과정에 대한 열정을 가지고 열심히 지도하려고 했다. 먼저 다양한 종류의 시를 맛보도록 했다. 예로 들면, 1920년대 시문학파 시인인 김영랑의 〈모란이 피기까지는〉과 같은 운율이 강한 시에서부터, 김광균의 〈추일서정〉과 같은 이미지가 강한 시, 이형기의 〈낙화〉, 정지용의 〈향수〉, 안도현의 〈사랑〉, 푸시킨의 〈사랑〉 등의 시대와 국내외를 초월하여 낭만적인 시도 소개하였다. 한편 이해하기 어려운 시로 여겨지는 김수영의 〈눈〉과 같은 관념적인 시도 함께 감상해보았다. 물론 학생들이 가장 쉽게 받아들이는 시로는 생활 중심의 시이다. 그런 종류의 시로는 김명수의 〈하급반 교과서〉라는 시도 있지만, 쉬우면서 자신의 생

나무 노래

전래 동요

나무나무 무슨 나무

십 리 절반 오리나무

불 밝혀라 등나무

푸르러도 단풍나무

가다 보니 가닥나무

오다 보니 오동나무

죽어도 살구나무

따끔따끔 가시나무

갓난아기 자작나무

앵돌아져 앵두나무

벌벌 떠는 사시나무

바람 솔솔 소나무

거짓 없이 참나무

입 맞추자 쪽나무

낮에 봐도 밤나무

활을 솔직하게 표현한 농촌 시인 서정홍의 작품들도 있다. 그러다가 백화현 선생님이 '프로젝트 시 수업'에 소개된 다양한 형태의 시를 추가해서 보여주기도 했다. 예를 들어, 운율이 강한 시로는 우리나라 전래 동요인 〈나무 노래〉를 소개하기도 했고, 낭만주의 작품의 시로는 영국의 낭만주의 시인인 윌리엄 워즈워스의 〈화살과 노래〉를 소개하기도 했다.

상계동 공부방 학생들과 시 공부를 할 때는 이성복의 〈어떤 싸움의 기록〉처럼 '씨발놈' 같은 욕이 나오는 시도 소개했는데, 함께 낭송할 때 그 낱말 소리는 유난히 높았다. 아이들이 속으로 깔깔거리는 소리가 들리는 듯했다. 아이들은 엄숙해 보이는 시 속에 '욕'이 들어가는 것을 매우 통쾌하게 생각하였다. 그래서 '프로젝트 시 수업'을 할 때도 '욕'이 들어간 작품을 소개하였는데, 참 열심히 읽고 목청 높여 낭송했었던 기억이 있다.

어떤 싸움의 기록

이성복

그는 아버지의 다리를 잡고 **개새끼 건방진 자식** 하며
비틀거리며 아버지의 샤쓰를 찢어발기고 아버지는 주먹을
휘둘러 그의 얼굴을 내리쳤지만 나는 보고만 있었다
그는 또 눈알을 부라리며 이 **씨발놈아** 비겁한 놈아 하며
아버지의 팔을 꺾었고 아버지는 겨우 그의 모가지를
문 밖으로 밀쳐냈다 나는 보고만 있었다 그는 신발 신은 채
마루로 다시 기어올라 술병을 치켜들고 아버지를 내리
찍으려 할 때 어머니와 큰누나와 작은누나의 비명,
나는 앞으로 걸어 나갔다 그의 땀 냄새와 술 냄새를 맡으며
그를 똑바로 쳐다보면서 소리 질렀다 **죽여 버릴 테야**
法도 모르는 놈 나는 개처럼 울부짖었다 **죽여 버릴 테야**
별은 안 보이고 갸웃이 열린 문틈으로 사람들의 얼굴이
라일락꽃처럼 반짝였다 나는 또 한 번 소리 질렀다
이 동네는 法도 없는 동네냐 法도 없어 法도 그러나
나의 팔은 죄 짓기 싫어 가볍게 떨었다 근처 시장에서
바람이 비린내를 몰아왔다 문 열어 두어라 되돌아올
때까지 톡, 톡 물 듣는 소리를 지우며 아버지는 말했다

좀 더 구체적으로 시가 되는 것과 시가 되지 않는 것의 예를
들어 설명을 하고, 좋은 시와 어설픈 시도 나누어주고 학생들
이 스스로 좋은 시가 어떤 시인지 알아보게 하고 구체적인 설
명을 하였다. 예를 들어

행복이란 무엇일까?
희망과 용기를 담고
미래를 기약해주는 것

행복이란 무엇일까?
가족끼리 모두모두
화목하고 행복한 것

여기서 더 심해지면 마지막 구절에 가서는 독자를 무시하고 자
신이 결론을 내리고 만다. 누구나 원하는 삶을 단순한 어법으
로 표현하는 것은 결코 독창적이지도 않고 감동도 주지 못한다.

힘들 때 도움 주는
행복이 너무 좋다
나는 나는 행복이 좋다

단순히 행갈이만 하고 운율이 있으면 시가 되는 것으로 아는
것이다. 교내 백일장에서는 의외로 이런 작품들이 많고 학생
들이 잘 쓴 작품으로 알고 따라하는 경우도 있다. 한편으로는

동요 같은 작품을 시로 착각하기도 하며, 예전에 너무 자주 봐
서 이미 식상해버린 심성을 외우듯이 옮겨놓은 작품도 있다.

가을이라 함은……
천고마비의 계절……
하늘은 높고 말은 살찐다

가을이라 함은
고독의 계절
혼자 어디로 훌쩍 여행 가고픈

한편으로 자신의 내면 깊숙이 자리 잡은 이야기를 끌어올리기
보다는 입만 놀리는 시들도 있다.

그댈 찾아 오늘도 헤매고 있어요
한없이 보고프고 그리워서
그댈 찾아요
그대는 어디 있나요

그대와 헤어지던 날 수많은 날을 울었어요
그대 없는 나날들이 의미 없는 나날들이
행복했던 시간들이
기뻤던 순간들이

그대 오늘도 기다려요
그대 언제 다시 돌아올지 모르니까요
나의 삶의 전부인 그대
꿈속에서 그대 웃는 모습 그려보아요.

그대 나의 눈물만큼 웃어줘요.
그리고 항상 그곳에 서 있어요.
그댈 잊고 살아갈 테니
제발 그 자리에만 있어주세요.

자신의 삶을 바라보고 구체적인 삶의 이야기를 담아보라고 했지만 학생들은 자신의 마음속 이야기를 잘 끌어내지 못했다. 잘못된 시의 예를 들어서 보여주고 첨삭 지도를 하면 조금 이해는 했지만 쉽게 작품으로 연결되기는 어려웠다. 아직 시와 삶이 자신의 몸속에 녹아들지 않았기 때문이다.

그리고 추가하여 학생들이 실수하는 시가 아닌 것을 넘어서서 좋은 시와 어설픈 시를 예를 들어 설명하였다. 풍경 전체에 감정이 담겨 있어야 하거나, 풍경과 감정이 일치하는 예를 들어 설명했다.

〈풍경과 감정이 일치한 예〉

새벽이 담긴
선철수

새벽이 다가오는 골목에 외로이 남았습니다

전봇대 위 나트륨등이 살며시 위로합니다

새벽별의 쓸쓸한 미소가 골목을 훑고 지나갑니다

멀리 버스 정류장에서 첫차의 엔진 소리가 울려옵니다

산등성이가 달아오르기 시작합니다

학생들이 시를 쓸 때 상투성에 젖기 쉬운데, 잘된 사례를 통해
상투성의 함정을 느껴보도록 했다.

〈상투성 극복의 예〉

시간의 꿈
최두현

돌아가는 길이 어딘지 알 수 없지만
그곳엔 출입금지 표지판이 서 있을 거야
우리의 시간은 일방통행이거든

너에게 갈 수 없는
나에게 올 수 없는

울지 마
이건 꿈이 아니야

어설프게 자신의 감정을 감상적으로 쏟아내는 경우도 많다. 그
런 경우는 감정을 절제한 경우가 그렇지 않은 경우를 비교하
여 이야기했다. 감정을 절제하여 표현한 시가 시를 읽는 독자
의 감상을 더 풍부하게 함을 이야기했다.

눈

오실 리 없는 내 님을 기다려
올해도
눈은 내리는데

내리는 눈발 속에
아스라이 보이는 저분은
오실 리 없는 내 님이신지

얼굴조차 보이지 않으시고
그렇게 지나가는
저분은
오실 리 없는 내 님이신지

이제 또 누구를 기다려
속절없이
눈은 내리는데

그런 과정을 통해서 나온 작품을 모아서 시집을 만들기도 했는데, 그때 작품 중 특히 2007년도 우리 반 아이의 〈나도 사탕 먹을 줄 아는데〉라는 작품은 아이들에게 많은 공감을 받았다. 짧긴 하지만 가슴에 팍 와 닿아 다른 반에도 소개를 했는데, 아이들이 너무 좋아해서 비슷한 형태의 시가 나오기도 했다. 예를 들면, '나도 친구 사귀고 싶은데', '나도 연예인 좋아하는데' 등등.

나도 사탕 먹을 줄 아는데

내 16 평생 고백하는 사람
한 명도 없고
내 돈으로 사탕 사 먹었다

내 친구는 남자 친구에게 받아서
한 아름 가지고 가는데
내 손엔 실내화 주머니

아이들 집엔 사탕 있는데
내 입엔 침만 고여 있다

나에게 남자는
오빠 아빠뿐

〈2007년 중학교 3학년 김지희 학생 작품〉

사진으로 한 시 창작 수업

시가 숙제처럼 부담으로 작용하면 자연스러운 교감이 일어나지 않는다. 느낌이 있고, 그 느낌을 좇아 표현을 찾아가야 하는데 시를 쓸 때 충분히 그런 훈련 과정을 거치지 않고서 쓰라고 하니 글이 억지스러울 수 있다. 사진은 그런 면에서 아이들의 교감, 공감의 좋은 마중물 역할을 해주었다.

사진이 좋은 시감을 일으키기 위해서는 사진을 보면서 느낌을 즐겨야 한다. 사진을 해석하거나 분석하지 말고 그 사진을 통하여 떠올랐던 정서를 자신과 연결해본다. 자신이 봐왔던 시장 풍경이지만, 눈이 내린 날 뽀얗게 연기가 피어오르는 모습 속에 자신을 넣어 보라고 했다. 아이들은 익숙한 사진 배경 때문에 알고 있다는 점과 순간을 담은 것이 주는 새로운 느낌을 받아 비교적 감정이입을 잘한다. 그러고는 자신의 이야기를 말한다. 물론 그 이야기 속에 자신이 들어갈 수도 있고 그 풍경속 주인공의 삶을 상상할 수도 있다. 이야기를 만들기 어려우면, 사진을 보고 상상할 수 있는 낱말을 가능한 한 많이 적어보고 그 낱말들을 모아 문장을 만들면서 사진의 전체 분위기와 연결되도록 하였다.

또 사진을 보고 예전에 자신이 겪었던 이야기가 떠오르면 그 이야기를 적도록 했다. 사진은 자신의 이야기를 떠올리는 매개체가 된다. 보통의 경우, 그 매개체로 사진이 잘 연결되지만 전혀 그렇지 못한 경우가 있을 수 있다. 어쨌든 자유로운 상상을 하는 것이 중요하고, 마음속에서 이야기가 우러나와야 한다고 했다.

말하자면 사진을 통하여 자신의 마음속 이야기를 진솔하게 끌어내려고 노력했다. 예전에 상계동 공부방에서 시 쓰기를 할 때 이야기가 기억난다. 그때 한 아이는 정말 시 쓰기를 싫어했는데, 나머지 친구들은 시를 다 완성해서 배경 그림까지 그리고 있는 상황에서 어떤 식으로든 참여하게 하고 싶었다. 그러다가 나와 아이들이 그에게 말을 걸었고 그 아이는 한 마디씩 내뱉었다. 한 아이가 그것을 받아 적었고, 그것에 조금의 운율을 보태어서 시로 만들었다. 나중에 시집을 만들 때 그 아이는 자신의 작품이길 거부하다가 어쨌든 자신이 말한 것이 시가 되었으므로 자신의 작품으로 인정하고 소중히 여기기도 했었다.

학생들이 사진을 통하여 자신들의 감성을 자극하고 상상력을 발휘할 수 있도록 충분한 시간을 주는 일이 중요하다. 물론 처음에 왜 시 쓰기가 중요한지에 대하여 이야기할 필요도 있다. 시 쓰기는 단순히 시인이 되기 위한 연습이 아니라 자신의 감정을 표현하는 연습이기도 하고 눌려 있는 감성을 살려내는 가장 기초가 된다.

다음으로 중요한 것은 그렇게 만든 이야기를 하나의 주제로 구성하거나 마음속의 풍경을 만들어내는 과정이다. 그 과정에서 시의 형식과 운율을 살려서 재구성한다. 이때 학생들에게

일관성 이야기를 해주었다. 예를 들어 학교 행사인 체육대회, 수련회, 사생대회 등을 이야기하다가 갑자기 학교 공부에 대해서 이야기하는 사례를 들어 이야기해준다. 이렇게 1차 이야기 만들기가 끝나면 시의 형식과 운율을 살리면서 행갈이 등을 할 때 학생들의 작품을 함께 살펴보며 이야기를 나눈다.

시 창작의 마지막 과정은 교사의 도움이 많이 필요한 부분이다. 마무리 단계로 들어서면 학생들끼리 작품을 서로 바꿔서 읽고 조언을 해주는 과정을 거친다. 좋다, 나쁘다 식의 결론보다는 구체적인 느낌을 말해주도록 한다. '시를 읽어본 전체 느낌이 어떠한가'로 이야기를 시작해, '시의 어떤 부분이 읽다가 말이 걸린다' 등등. 이렇게 수렴된 의견은 스스로 반영하여 고치기도 하지만, 교사에게 도움을 구하는 경우도 있다. 그런 경우에 교사가 일방적으로 시를 고쳐주는 일은 피해야 한다. 특히 표현하고자 하는 적절한 낱말을 찾는 경우에는 스스로 상상해서 자신의 시어를 만들어내도록 하는 것이 중요하다. 도움을 주어야 할 상황이라면, 교사는 전체적인 시의 분위기가 이러하니까 이런 시어면 어떨까 하든지 전체적인 시의 흐름상 순서를 바꾸거나 일부 내용을 없애고 한번 읽어보라고 하든지, 어떤 내용을 추가하면 시의 느낌이 어떻게 될 것인지 등의 이야기를 해준다.

조언이 결론이 되어서는 안 된다. 몇 가지 경우의 예를 들어주거나 방향을 제시해주고 모든 선택은 학생이 스스로 결정하도록 해야 한다. 그 과정이 시간이 좀 걸리고 힘들겠지만 어려운 과정을 거쳐서 써낸 시에 대한 학생들의 만족감과 자신감은 그만큼 높아진다.

시 창작 지도를 처음 할 때에는 시를 스스로 고치게 하기보다는 이런 방향으로 고치도록 요구하고 빨간 펜으로 수정을 해주기도 했다. 문제는 그 수정한 내용에 대하여 학생들이 전혀 공감하지 못한다는 것이다. 자신들이 왜 그렇게 고쳐야 하는지를 깨닫지 못하여 불만과 부담을 느끼고, 교사는 교사대로 모든 학생들의 작품을 거두어 일일이 고치는 수고를 한 것이다. 그런 헛된 수고는 어느 누구도 만족시키지 못할뿐더러 전혀 교육적이지 못하다. 그렇지만 지금도 매년 학교마다 치르고 있는 백일장에서 반복되는 일이기도 하다. 학생들에게 제대로 된 글쓰기 교육이 선행되지 않고 이루어진다. 4월이나 5월에 백일장을 하는데 학기 초에 그것만을 집중적으로 지도할 여유가 현실적으로 없다. 그래서 개인적으로는 백일장이 한 번 정도 야외에서 원고지와 펜을 들고 글쓰기를 한다는 것 외에 큰 의미는 없다고 생각한다. 백일장이 끝나고 나면 선생님들끼리 항상 하는 이야기는 '아이들의 작품이 형편없다'는 것이다. 그도 그럴 것이 시 쓰기(운문), 수필 쓰기(산문) 연습을 할 기회도, 노력도 제대로 되지 않았기 때문이다.

앞에서도 말했지만 글쓰기는 국어 수업의 결과를 알아보는 중요한 과정이다. 최근 창의성이 강조되는 교육 방향을 고려하면 더욱 강조되어야 할 부분이기도 하다. 프랑스 영화 〈클래스〉를 보면, 학기가 끝나고 교사가 아이들에게 한 학기 동안 배운 것 중 무엇이 기억나는지 질문하는 장면이 나온다. 그 외 교육 관련 외국 영화에서도 자신이 배운 내용을 자신의 언어로 표현하거나 배우는 과정에서 쓴 글을 모아서 문집을 만들어 교사가 그 내용을 보고 학생들의 성취 수준을 짐작하는 모습이 나온다. 2011년 1월 미국의 한 초등학교를 방문했을 때, 영어과 자료실에서 만난 한 교사는 《Love That Dog》이라는 시집을 주교재로 삼아 만든 학생들의 문집을 보여주면서 같은 이야기를 한 적이 있다.

이제 창작 수업의 근본적인 문제에 대해 고민해야 한다고 생각한다. 창작이라는 것은 새로운 것을 만들어내는 것을 의미하지만, 국어 수업에서의 창작의 의미는 단순히 문학작품을 만들어내는 것만은 아니다. 창작의 결과보다 창작을 하기 위해 '왜' '어떻게'라는 질문을 내고, 스스로 답을 찾으려는 과정이 창작 교육의 본질이 아닌가 싶다. 예술 교육을 제대로 하고 있는 나라에서는 학생들이 어떤 재료를 가지고 표현하든 그 결과로 점수를 매기지 않고, 왜 그런 작품이 나왔는지 묻는다. 결국 창작 수업은 평소 국어 수업 시간에 공부한 것을 스스로 완성적인 형태로 정리하며 자연스럽게 배우는 활동이며, 작품의 완성도를 떠나 사물에 대하여 생각하는 힘을 키우는 과정이다.

이제 왜 하필이면 '사진'이냐에 대하여 말하고자 한다. 교사가 공부하던 시대와는 달리 지금 중학생들은 영상 세대다. 그들은 글자보다 그림에 더 익숙하다. 우리들은 학교 다닐 때 일부를 제외하고는 보통 힘든 일이 있거나 지루할 때 '공부' '하기 싫다' '어렵다' '힘들다' '죽고 싶다' 등을 글자로 갈기면서 스트레스를 풀기도 하지만, 지금 아이들은 그런 낙서보다는 그림을 그린다. 수업이 끝나고 자투리 시간 혹은 쉬는 시간에 아이들을 보면, 자신이 좋아하는 만화책 속 주인공을 그리기도 한다. 그래서 학생들이 시를 지을 때 그림을 연결해야겠다는 생각을 하게 되었다. 그런 고민을 하다가 내가 찍은 사진이 생각났고 그것을 이용해서 생각을 모아 시를 지어보도록 하였다. 그러면서 내가 찍은 사진 중에서 학생들이 관심을 가질 만한 사진을 학교생활, 풍경, 사회 관련 사진 등으로 나누어보았다. 사진을 보면서 자신들의 이야기와 자신들의 감성과 자신을 둘러싼 세상 이야기에 관심을 가지도록 하였다.

결국 '사진으로 시 쓰기' 활동은 기본적으로 사진을 통하여 세상을 보는 눈을 키우고 상상력을 발휘하여 시를 만들어내는 활동이다.

학생들이 가장 관심이 있는 것은 자신과 친구들의 이야기다. 친구들이 담긴 사진은 아이들에게 공부라는 울타리를 넘어 아이들의 정서 생활의 공간으로 안내한다. 시를 쓰는 과정이 친구와 노는 시간과 구별되지 않는 풀려 있는 공간이며 삶 속에서 공부하는 공간이 된다.

　　선생님, 민선이에요.

민선이 뒤태가 예쁜데요.

야, 그 옆에 누구지?

혜진이야.

혜진이가 저런 바지를 입고 있었어?

정말 귀엽다.

아이들은 한마디씩 했다. 나른한 오후임에도 아이들의 눈과 귀가 한곳으로 쏠린다. 아이들과 수다 떨듯이 교사도 말을 건넨다.

여기 누가 나오니?

민선이와 혜진이요.

사진 보니 어떤 것 같아?

이쁘다.

안 이쁘다.

야, 윤경이 너 죽어. 너는 이쁘니?

우리 혜진이 정말 이쁜데.

미진아, 너 혜진이랑 사귀니?

하하.

펌프에서 물을 길어 올릴 때 마중물을 붓듯이, 사진은 아이들의 이야기를 퍼 올린다. 이야기가 시가 되는 과정이 쉽지는 않지만 시를 쓸 때마다 주제를 찾기 위해 방황하는 혼란은 급격히 줄어든다. 사진을 통해 찾아낸 이야기들을 시로 연결하려고 하면 아이들은 멍한 느낌을 받기도 한다. 자신이 받은 사진에서 어떤 특징을 발견하기가 힘든 경우도 있다. 물론 주제를 정하는 것보다 사진을 통해 다양한 생각을 하게 되어 더 좋다고 했다. 이야기가 막막하거나 막상 어떤 이야기 얼개를 잡는 것이 막힐 경우 아이들은 사진을 뚫어지게 본다. 그것을 아이들은 상상하는 과정이라고 했다. 지금까지 많이 살진 않았지만 자신이 지금까지 겪었던 일과 보았던 일, 들었던 일에 대하여 여러 가지 생각을 하고 그것이 하나의 생각으로 정리되길 바랐다. 그렇게 정리가 되는 순간부터 하나의 이야기를 중심으로 낱말이 떠오르고 이야기가 나오더라는 것이다.

일단 이야기가 풀려나오기 시작하면 유명한 시처럼 비유를 멋지게 하고 싶고, 멋진 시어를 고르는 것은 부차적인 일이 된다. 완성된 시를 조금씩 고쳐가는 과정은 왠지 모르는 뿌듯함과 더 잘 쓰고 싶은 욕망이 어우러져 얼굴을 상기시키고 조용한 생각의 소리들을 울린다. 아이들에게 자주 하는 말이 있다. "멋진 시를 만들어내기보다는 좋은 시를 쓴다는 생각을 했으면 좋겠다. 멋진 시어 하나가 시의 전체적인 분위기를 만들어 낼 수 있지만 여러분은 그것보다 시의 내용에 맞는 낱말을 쓰는 것이 더 중요하다. 마지막으로 여러분의 마음 속 깊은 곳에 있는 솔직한 이야기를 깊은 우물 속 물을 길어 올리듯 끌어올렸으면 한다."

아이들은 조금 좋은 내용이 떠오르면 친구들에게 자랑을 하거나 장난을 치기도 한다. 그러는 과정에서 아이들은 시 속에 점점 빠져들고, 생각하는 일이 쉽지 않음을 알지만 생각하는 것 아니 상상하는 것이 매우 즐겁다는 사실도 깨닫게 되었다. 사진은 볼수록 더 많이 느끼게 해준다고 하였다. 처음에 엉성하던 이야기도 계속 보노라면 더 뚜렷하게 다가온다고 했다. 어느 순간 사진의 특징이 떠올랐고 일사천리로 시가 만들어졌다. 그때의 느낌에 대하여 많은 아이들은 '재미를 느꼈다', '쾌감을 느꼈다'라고 하기도 하고, 어떤 아이는 '신비한 체험을 했습니다'라고 말하기도 했다. 다음은 아이들이 스스로 쓴 창작 과정에서 느낀 것에 대한 이야기들이다.

1

사진을 보았을 때, 마을 한쪽은 불빛이 있고 한쪽은 불빛이 없었다. 우리는 컴컴한 길을 걷다 보면 무섭고 넘어질까 봐 조마조마한다. 마을 한쪽은 다른 사람이 넘어지지 않게 불을 켜놓았다. 컴컴한 길을 걸을 사람을 위한 배려다. 사람들이 이 시를 보고 작은 배려는 상황(세상)을 바꿀 수 있다는 것을 알았으면 좋겠다.

2

내가 뽑은 사진을 보고 시를 쓰려니 막막했다. 그러다가 연상되는 단어를 연결해서 시를 지으라는 선생님 말씀에 백지에 이 단어 저 단어를 쓰기 시작했다.
처음에는 교과서에 있는 시들처럼 뭔가 은근히 돌려서 표

현하고 고급스럽게 표현하고 싶었는데, 내 수준(?)으로는
안 될 것 같아 가장 간단한 반복법과 직유법만 쓰고 사진
에서 보이는 그대로 시를 썼다.

3

처음에 칙칙한 담벼락에 붙어 있는 종이꽃 두 개가 있는
사진을 보고 시를 쓰기가 참 막막했다. 한 번도 안 해봤
던 것이어서 그렇기도 했고 사진에 특별한 의미가 있는 것
같지도 않았기 때문이다. 그런데 칙칙하고 울퉁불퉁한 담
벼락이 뒤에 있어도, 진짜 꽃이 아닌 종이로 만든 꽃 두 송
이가 함께 있으니 참 아름다워 보여서 이렇게 시를 썼다.
혼자 있으면 초라해 보였겠지만 둘이 같이 있으니 외롭지
않고 예쁘다고 생각했다. 그래서 누군가가 곁에 있다는 것
은 참 좋은 일이라는 것을 말해주고 싶었다.

가능하면 모든 아이들이 한 편의 시를 완성하길 바랐지만 일
부 아이들은 시간이 부족하다고 말하기도 했다. 일주일 동안
의 수업으로는 한계가 있기도 했다. 그러나 무조건 시간이 많
다고 해서 가능한 일이 아니기도 하다. 시 창작을 한다는 것은
평소 사물에 대하여 자세히 보고 생각하는 연습이 필요하고
세상에 대하여 자신만의 생각을 하는 것도 중요하다.

자신의 작품이 뽑히지 못한 아이들은 친구들의 작품을 보고

감탄했다. 저 사진을 보고 어떻게 저렇게 표현할 수 있을까? 또 같은 사진을 보고도 다양한 시가 나올 수 있음을 재미있게 생각하기도 했고, 평소에는 장난꾸러기로 알았는데 그 아이의 마음속에 저런 감성을 가지고 있는 것에 대하여 놀랍게 여기기도 했다. 일부 아이들이긴 하지만 학생들의 작품을 이해하지 못한 경우도 있었다. 그러나 대체로 뽑히지 못한 자신의 작품보다 뽑힌 친구들의 작품을 보고 감탄하였다. 이 작품들이 학교 축제때 전시된 것을 보고 뿌듯하다고 말하기도 했다.

이제 마지막으로 시 창작 과정에서 교사가 어떤 역할을 해야 할지에 대하여 이야기하려고 한다. 어떤 선생님들은 이 글을 읽으면서 이런 수업은 아무나 할 수 있는 것이 아니라고 여길지도 모르겠다. 그런데 특별한 사람만이 할 수 있는 것이 아니라는 이야기를 드리고 싶다. 물론 시 창작 수업은 다른 국어 수업보다 특별한 노력이 들어가야 하는 것은 사실이다. 시 창작 능력보다는 시 창작 '수업' 능력이 필요하다.

창작 수업은 교사가 창작 지도를 하지만 일일이 고쳐주지 않고 방향을 잡아주는 것이 중요하기 때문이다. 프로 농구 감독이 농구를 잘하는 선수 출신이면 좋겠지만 반드시 선수 출신만이 프로 농구 감독을 하라는 법도 없고 성적이 좋다는 법도 없다.

사진으로 시 쓰기 수업 과정

시를 통한 시 쓰기 수업은 4가지 단계로 나누어 설명할 수 있다. 첫 단계는 사진을 나누어주고 사진을 보면서 자신의 감성을 살리면서 구상하는 단계, 두 번째 단계는 구상한 내용을 이야기로 만들어보는 단계, 세 번째 단계는 그 이야기를 시어를 고려하여 압축하는 단계, 마지막 단계는 운율을 고려하여 다듬는 단계다. 학생에 따라서 첫 번째 단계에서 바로 네 번째 단계로 넘어가기도 한다. 감성이 동하면 바로 작품이 만들어진다. 사진과 충분히 교감할 수 있는 경험이 있는 경우에 바로 시 쓰기가 가능하게 되는 때가 많다. 그래서 사진은 주로 보던 환경, 자신들이 참여했던 행사, 그리고 자신이 살고 있는 생활환경을 다루는 것이 좋다.

다음의 사례는 어쩌면 쉽게 몇 번의 단계만 거쳐서 시를 만든 경우다. 물론 이 작품이 다른 작품에 비해 완성도가 높다는 말은 아니다. 이렇게 어렵지 않게 시를 만들 수도 있다는 것이다.

바람에 흔들리는 꽃

가 1
바람에 흔들리는 꽃은
왼쪽 오른쪽 살랑살랑

갈대같이 흔들린다

가 2
바람에 흔들리는 꽃은
넓은 하늘을 등지고
해가 저물 때까지 흔들린다

가 3
바람에 꽃은 흔들리지만
뿌리가 뽑히지 않는 꽃은
아무리 힘들어도 말하지 않는
우리 아버지의 모습이 아닐까

가 4
바람이 불어 꽃이 흔들리지만
바람이 불어도 뽑히지 않는 꽃은
힘들어도 힘들어도 말하지 않는
우리 아빠의 모습

나 1
그러나 바람이 불지 않으면
흔들리지 않는 꽃은
부모님의 보살핌 없이 살 수 없는
우리들의 모습이 아닐까

나 2

바람이 불지 않으면

흔들리지 않는 꽃은

부모님의 보살핌 없이 살 수 없는

우리들의 모습

1연(가 1, 2, 3, 4)에서는 2번처럼 고쳐 쓸 때는 '바람에 꽃이 흔들린다'라는 말을 바탕에 깔면서 모습이나 배경 속에서의 변화를 표현했지만, '가 3'처럼 고칠 때는 아버지를 꽃에 비유하면서 '흔들리지 않는 꽃'으로 표현했다. 그러면서 '가 4'에서는 아버지에 '아무리 힘들어도 흔들리지 않는' 의미까지 부여한 것이다. 2연에서는 단순히 운율을 살리면서 가다듬은 정도로 고쳐 쓰기를 하였다.

그것에 비해 자신이 현재 처해 있는 생활의 모습을 자세히 표현하여 시를 완성한 경우는 다음과 같다.

먼저 사진은 노량진 학원의 모습이 담겨 있다(159쪽). 아이는 그 사진을 보고 다음과 같은 낱말을 떠올렸다.

노량진, 단과 학원, 수능, 사람들, 김밥, 떡볶이, 유부초밥, 육교, 포장마차, 삭막함

다음으로 그것을 연결하여 문장을 만들려고 했다.

노량진 학원의 동네-수능 단과, 고시학원
수업 시간, 다들 집중한다. 조용
한 달, 두 달 같이 수업 들어도 말 한마디 안 건넴.
----3교시 끝나면 점심시간, 돈 없는 재수생은 길가 음
식 먹음.
길가 포장마차에서 1500원 하는 김밥을 사 먹고 허기를
달랜다.
1년만 버틴다는 각오로 살아간다.

아이가 직접 쓴 이야기 얼개다. 너무 머리를 부여잡고 고민하
는 모습을 보고 주변에 머무르니 도움을 요청한다. 직접 읽어
보라고 했다. 마음속에서 운율이 느껴지는지, 그리고 너무 설
명적이진 않은지 물어보았다. 본인 스스로 읽어보고 고치도록
했다. 정말 힘들어하면 일부를 빼는 것은 어떨지, 일부는 행갈
이를 하는 것이 어떨지 말해주고 최종 선택은 본인이 하도록
했다.

시 1
노량진은 학원의 동네
비상에듀, 메가스터디, 제일고시학원······
학교보다 더 빡센 1시간 반 수업, 0교시부터 8교시
수업 시간 종이 울리고 선생님이 들어오고

말소리 하나 없는 사사삭 샤프 움직이는 소리

1교시 끝. 2교시 끝. 3교시 끝. 점심시간

돈 없는 학원생, 재수생

길가 포장마차에 서서 1,500원 싸구려 김밥을 먹으며 허기를 달랜다.

이번 1년만 버틴다는 각오로 1년을 버틴다.

그러나 하지만

수능 언어 영역, 5교시 등 한 달 수강료 420,000

컵밥 한 달 사용료 30,000

문제집만 200,000

1년이면 5,6000,000

정말 1년을 버티기엔 너무 힘들다.

시 2

노량진, 학원 동네

비상에듀, 비타에듀, 메가스터디 등등등

발을 들여놓으면 밀려오는 숨막힘

1시간 반 수업 0교시부터 8교시

수업 시간 종이 울리고 선생님이 들어오고

말소리 하나 없는 사삭 문제집 넘기는 소리

1교시 끝

2교시 끝

3교시 끝

점심시간.
돈 없는 재수생들

길가 포장마차에 서서 1,500원 싸구려 컵밥을 먹으며 허기를 달랜다
이번 1년만 버틴다.
그리고 이번 1년을 버틴다.
그러나

그런데
수능 5개 영역 한 달 수강료 420,000원
컵밥 한 달 사용료 30,000원
문제집은? 200,000원은 되겠지.
1년이면 5,600,000원
정말 1년을 버티기엔 너무 힘이 든다.

시 3
노량진 학원 동네
비상에듀, 비타에듀, 메가스터디……

발을 들여놓으면 밀려오는 숨막힘.
90분 수업
말소리 하나 없는 문제집 넘기는 소리
1교시...2교시...3교시...점심시간

돈 없는 재수생
길가 1500원 컵밥으로 허기를 달랜다.

1년을 버린다
1년을 버틴다

그러나……

수강료 420,000원
컵밥 30,000원
문제집 200,000원
1년이면 5,600,000원

1년은 너무 힘이 든다.
정말. 힘이 드는 1년.

그렇게 해서 시 2, 시 3까지 몇 번을 지우고 고치는 과정이 계속되었다. 그 과정을 조용히 지켜보며 독려했다. 사실적으로 설명하려는 것에서 쉽게 벗어나지 못한다. 아이들은 어려운 시를 좋아하지 않고 추상화해서 글을 쓰는 것도 어려워한다. 어쩌면 자신도 이해하지 못하는 낱말을 넣어 전혀 공감이 가지 않는 글을 쓰는 경우보다 더 낫기도 하다. 적어도 공감 가는 시를 쓸 수는 있으니까.

〈시 2〉에서 '길가 포장마차에 서서 1500원 싸구려 컵밥을 먹으며 허기를 달랜다' 구절은 〈시 3〉에서 '길가 1500원 컵밥으로 허기를 달랜다.'

〈시 2〉에서 수능 '5개 영역 한 달 수강료 420,000원/ 컵밥 한 달 사용료 30,000원/ 문제집은? 200,000원은 되겠지./ 1년이면 5,600,000원' 구절은 〈시 3〉에서 '수강료 420,000원/ 컵밥 30,000원/ 문제집 200,000원/ 1년이면 5,600,000원' 으로 바뀐다. 그런 과정을 거쳐서 완성된 작품이 다음 글이다.

물론 〈시 4〉가 〈시 3〉보다 모든 구절들이 낫다고 볼 수 없지만, 일단 〈시 3〉보다는 전체적으로 짜임새 있고 운율이 살아 있음을 알 수 있다.

시 4

노량진 학원 동네
비상에듀
메가스터디
제일고시학원

발 들여놓자 밀려오는 숨막힘
90분 수업
삭막한 문제집 넘기는 소리

1교시

2교시
3교시
그리고 점심시간
돈 없는 재수생
길가 1500원 김밥으로 허기를 달랜다.

1년을 버린다
1년을 버린다

그러나……

수강료 420,000
김밥 30,000
문제집 200,000
1년이면 5,600,000

정말 힘이 드는 1년

마지막으로 한 가지 사례만 더 말하려고 한다. 이 사례는 자연과 인간 사이에서 어떻게 관계를 맺어가고 그것을 시로 어떻게 표현하는지를 보여준다. 또 운율은 어떻게 살릴 수 있는지를 보여준다. 이 작품은 처음에 바람이 부는 것을 보고 떠오르는 낱말과 이야기를 만들어보았다. 사실 이 작품은 '사진과 시의 만남'이라는 희망의 인문학 워크숍에서 만난 사회복지사가 나의 도움으로 시를 완성한 것이다. 시를 다 쓰고 난 후 그분은 이야기를 시어로 바꾸는 작업이 이렇게 경이로운 줄 몰랐다고 소감을 말하기도 했다. 처음에 낱말은 의외로 많지 않았다.

바람, 만들어낸다, 언제나, 돌아간다, 비, 흐린 날

다음으로 그것을 가지고 여러 개의 문장을 만들어보았다. 자유롭게 가능한 한 다양한 문장을 적어본 것이다.

오늘도 바람을 만든다.
바람이 분다.
나는 오늘도 바람에 나를 맡긴다.
내 생명은 바람을 만나 움직였다.
바람은 나를 움직이게 한다.
바람은 내게 에너지를 불어넣어 준다.
바람은 때로 나를 쉬게 한다.
바람은 때로 나를 몰아간다.
바람은 네게 언제나 가르친다.
바람은 네게 항상 그 자리에서 가르쳐준다.
어느 날 하늘이 눈물을 흘린다.
변함없이 그 자리에서 자신의 사명을 다하려는 나를 어여
삐 여겨 하늘이 흘리는 눈물
난 그 눈물을 온몸으로 맞는다.

눈물이 은총이 되어 나를 적신다.
나를 벅차게 한다.
광활하고 황량한 대지 위에서
나는 오늘도 내 몸을 바람에 맡기운다.

뺄 것은 빼고 압축하는 과정을 거쳤다. 이런 경우에는 이것을
빼는 것이 낫고 저런 경우에는 저것을 빼는 것이 낫다는 것을
다양하게 설명해주었다. 그리고 스스로 다시 정리해서 시를 만
들어보도록 했다.

바람이 분다.
오늘도 바람에 나를 맡긴다.
바람은 나를 움직인다.
바람은 내게 에너지를 불어넣어 준다.
바람은 때로 나를 거칠게 몰아간다.
바람은 때로 내게 잔잔한 쉼을 허락한다.
바람과 함께하는 내 삶……
그 속에서 바람은 내게 언제나 나를 가르친다.
그 속에서 바람은 내게 항상 그 자리를 가르친다.
어느 날 하늘이 흘리는 눈물
변함없이 언제나 그 자리에서 자신의 사명을
다하려는 나를 어여삐 여겨 하늘이 흘리는 눈물……
난 오늘 그 눈물을 온몸으로 맞는다.
눈물이 내게 은총이 되어 흐른다.

광활하고 황량한 대지 위에서 나는 오늘도
내 몸을 바람에 맡기운다.

그리고 시의 운율을 살리기 위하여 가능하면 중복되는 낱말인 '오늘도 바람에' '바람은' 등을 빼고 읽어보도록 했다. 2번 이상 읽다 보면 입에 거슬리는 것은 운율에 방해되는 것이니까 시어를 빼도록 했다. 역시 설명적인 것은 생략을 하고 느낌을 통해서 알 수 있도록 했다. 물론 하나도 고쳐주진 않았다. 스스로 완성할 때까지 'O.K'라는 말을 미루어두었다. 그렇게 해서 완성된 작품은 다음과 같다.

바람이 분다.
나를 맡긴다.
나를 움직인다.
힘을 불어넣는다.

바람은 때로 나를 거칠게
바람은 때로 내게 잔잔하게

어느 날 하늘이 흘리는 눈물
변함없이 언제나 그 자리에 서 있는 나를
어여삐 여겨 흘리는 눈물

온몸으로 맞는 눈물이
내게 은총이 되어 흐르네.

광활하고 황량한 대지 위에
내가 서 있는 존재의 이유
오늘도 나를 맡긴다.

이처럼 시 창작 과정에서 일어나는 사례는 다양하다. 어떤 학
생은 사진을 보고 아무런 생각도 떠오르지 않는 경우도 있다.
생각이 떠오르더라도 한가지로 집중하지 못하고 생각이 떠돌
아다니기도 한다. 그런데 그런 학생들 중 일부는 집에 가는 길
에 혹은 아침에 생각이 모아져서 시를 완성해서 가져오기도
한다. 시라는 것은 참 묘한 것이다. 한 학생은 어느 순간 갑자
기 그 사진이 떠오르면서 제목이 생각났고 한순간에 시가 완
성되었다고 했다. 1주일 동안 떠오르지 않던 구절들이 마구 생
각났다고 하였다.

마치며

많은 사례들에도 불구하고 내가 지도한 것은 시가 되는 것과 되
지 않는 것을 구분해서 설명해준 것과 시 쓰기 위해 물가로 데
려간 것밖에 없는 것 같다. 글이 막혀 답답해하는 아이들에게

는 유사한 제목을 검색해서 다른 시인들은 어떻게 시를 썼는지를 살펴보라고 했다. 그런 과정에 익숙해진 아이들은 나중에는 나와 같은 교사가 없어도 언제든지 시를 쓸 수 있지 않을까 싶다.

사진을 통한 시 쓰기 수업은 여러 가지 방법 중에서 시 창작의 계기를 만들어주는 가장 효과적인 방법 중의 하나일 것이다. 시 창작 교육에서 가장 큰 것은 누구나 시인이 될 수 있다는 사실과 시를 쓸 수 있다는 자신감, 그리고 시가 친근하게 다가오는 과정이 아닐까 싶다. 청소년 시기에 시를 가까이할 수 있게 되는 데 필자의 사진을 활용한 시 창작 방법이 도움이 되었으면 좋겠다.